DUISTER

Voor Sara Jane
die wonderen verricht met klei

David Almond

Duister

Vertaald door Annelies Jorna

De vertaler ontving voor deze vertaling een werkbeurs van de Stichting Fonds voor de Letteren

Omslagfoto: © Mads Greve/Getty Images
Omslagontwerp: Marleen Verhulst
Nederlandse rechten Lemniscaat b.v. Rotterdam 2008
ISBN 978 90 477 0071 5

First published in Great Britain in 2005 by Hodder Children's Books
Oorspronkelijke titel: *Clay*

Druk: Drukkerij Haasbeek b.v., Alphen aan den Rijn
Bindwerk: Boekbinderij De Ruiter, Zwolle

Dit boek is gedrukt op milieuvriendelijk, chloorvrij gebleekt en verouderingsbestendig papier en geproduceerd in de Benelux waardoor onnodig milieuverontreinigend transport is vermeden.

EEN

1

Hij kwam naar Felling op een heldere, vrieskoude ochtend in februari. Niet eens zo lang geleden, maar in een heel andere tijd. Ik was met Geordie Craggs, zoals altijd in die dagen. We liepen stoer te doen als altijd, hadden de grootste lol als altijd. We deelden een Playerssigaret en bliezen lange slierten rook de lucht in. We kwamen net van het altaar. We waren op weg naar Braddocks Garden. We liepen over Watermill Lane toen een rode taxi rochelend langsreed. Hij hoestte zwarte walmen uit. Op het bordje op het dak stond dat hij van de kust kwam.

'Wat moet die hier?' zei Geordie.

Een stukje hostie van de communie plakte nog aan mijn tanden. Ik peuterde het los met mijn tong en slikte het door, nam toen weer een trek van de sigaret.

'God mag het weten,' zei ik.

De taxi stopte vijftig meter verderop bij het huis van Crazy Mary. Met slordig loshangend rood haar kwam Crazy haar huis uit hobbelen. Ze had een wijde, wapperende bloemetjesjurk aan en geruite pantoffels. Een jongen stapte uit. Hij trok een haveloze bruine koffer achter zich aan. Crazy betaalde de chauffeur en de twee gingen naar haar voordeur. Ze keek om naar ons. Ze wilde haar arm om de jongen heen slaan, maar hij weerde haar af en liep naar binnen. Crazy ging achter hem aan en de deur sloeg dicht.

De taxichauffeur boog zich uit het raampje toen hij langs ons reed.

'Valt er soms iets te zien?' zei hij.

'Niks bijzonders,' zei ik.

'Zou jij niet eens oprotten naar Whitley Bay?' zei Geordie.

'Ja,' zei ik. 'Rot op, vissenkop.'

En lachend en joelend spurtten we verder in de richting van de wildernis.
'Vissenkop! Vissenkop! Vissenkop!'
We gingen door het oude ijzeren hek, doken onder de doorns door, plonsden door het water aan de rand van de kleivijver, gingen de steengroeve binnen en van daaruit de grot in. Er was weer op de wanden geschreven. We hielden er brandende lucifers bij. Er stond alleen: *We houwen je in de gaten. We maken jullie af.* Dan een grote zwarte *X*. Iemand had geprobeerd een doodskop te tekenen maar had het zo te zien opgegeven omdat hij er niks van kon.
'Zo stom als het achtereind van een varken,' zei ik.
Ik smeerde er modder overheen.
Geordie stak een nieuwe sigaret op. Hij sleep zijn mes aan een steen.
Hij wees met de punt naar me.
'Straks wordt het moord en doodslag,' zei hij.
Ik trok aan de sigaret.
'Ja,' zei ik.
'Die bende tegen ons,' zei hij.
Ik huiverde. Ik probeerde te lachen.
'De Slag om Braddocks Garden,' zei ik.
Ik keek naar de steile rotswanden van de steengroeve, het oerwoud van onkruid, de diepe kleivijver, de ruïne van Braddocks huis daarboven. Een sperwer vloog op van zijn steenachtige nest en klapwiekte de wijde hemel in.
'Wie was dat bij Crazy?' vroeg ik.
Hij haalde zijn schouders op.
'God mag het weten,' zei hij. 'Maar hij liever dan ik, joh, daar in huis bij die gek.'
Hij haalde een limonadefles uit zijn zak en gooide hem naar me toe. De fles zat halfvol wijn, die hij 's ochtends na de mis had meegejat. Ik draaide de dop los, nam een slok en likte mijn lippen af.

De wijn was stroperig zoet en ik voelde algauw de vleug dromerigheid die je ervan kreeg.
'Miswijn jatten is een zonde,' zei ik.
We lachten en braken takjes doormidden om een vuurtje te stoken.
Ik wees naar de grond.
'Dat wordt branden in de hel voor jou, George Craggs,' zei ik.
'Neu,' zei Geordie. 'Daarvoor niet, hoor. Je gaat alleen naar de hel voor doodzonden. Als je een miljoen steelt of zo.'
'Of als je iemand vermoordt,' zei ik.
'Klopt.' Hij stootte het mes in de aarde. 'Moord!' Hij sloeg de wijn achterover en veegde met zijn hand zijn lippen af. 'Laatst droomde ik dat ik Mouldy vermoordde.'
'Echt?'
'Nou!'
'Was er veel bloed?'
'Liters. Overal bloed en ingewanden.'
'Mooi, man!'
'Het gebeurde hier. Ik stak hem recht in zijn hart, hakte zijn kop af en smeet hem in de vijver.'
We grinnikten.
'Dat telt niet als een zonde,' zei ik. 'Je gaat vast regelrecht naar de hemel als je met een hufter als Mouldy afrekent.'
'Tuurlijk,' zei Geordie. 'De wereld is veel beter af zonder hufters als hij.'
'Nou!'
We zaten zwijgend aan Mouldy te denken. We luisterden naar de geluiden in de steengroeve.
'Heb je gezien hoe groot en dik hij wordt?' vroeg ik.
'Ja.'
'Tering,' fluisterde ik.
'Zeg dat. Tering. Hij wordt nog een monster.'

2

Er was niks geheimzinnigs aan. De jongen bleek Stephen Rose te heten. Hij kwam uit Whitley Bay. Hij was niet veel ouder dan wij. Het verhaal ging dat hij naar het seminarie van Bennett College was gegaan om voor priester te leren. Hij was toen elf. Dat was niets bijzonders in de jaren zestig, we kenden zoveel jongens die dat deden. Maar net als veel anderen hield Stephen het er niet uit, en een paar jaar later ging hij er weer af. Hij was nog geen maand thuis toen zijn vader dood neerviel door een beroerte. Zijn ma was toen stapelgek geworden en moest in het holst van een stormachtige nacht worden afgevoerd naar het gesticht in Prudhoe. Stephen stond er helemaal alleen voor. Hij zou in het klooster bij de clarissen gaan wonen toen ze er op het nippertje achter kwamen dat er nog een verre tante was, Crazy Mary, hier in Felling, en zo kwam hij hierheen. De bedoeling was dat zijn moeder snel ontslagen zou worden zodat ze weer aan de kust konden gaan wonen en alles weer goed kwam. Maar toen ik mijn ouders erover hoorde praten, leek daar niet veel kans op te zijn. Ze hadden gehoord dat ze echt zwaar gestoord was. Ze was helemaal de weg kwijt.

'Erger dan Crazy Mary?' vroeg ik.

Ma keek me boos aan.

'Noem dat arme mens niet zo,' zei ze. 'Ze is gewoon een vrome, gekwelde stakker.'

'Sorry hoor,' zei ik.

'Je weet niet half hoe jij boft,' zei ze. 'Goddank is zoiets ons bespaard gebleven...'

'Wat!' kreunde ik. 'Maak je je zorgen over mijn verstand, mam?'

Ik trok mijn mond scheef, stak mijn tong uit en kwijlde.
'Hou op!' snauwde ze. 'Dat is de goden verzoeken.'
Ze sloeg een kruisteken.
'Misschien konden we haar maar beter Heilige Mary noemen,' zei ze. 'Heb je ooit iemand gezien die zo vroom is, zoveel bidt, zo'n hunkering naar God heeft?'
Ik schudde van nee.
'Nou dan,' zei ze. 'Heb je nooit gehoord dat er in Mary's familie heiligen waren?'
'Heiligen?'
'Heel vroeger in haar familie, ja. In Ierland, waar de Doonans lang geleden vandaan zijn gekomen.'
Pa lachte.
'Ja, vroeger,' zei hij, 'toen er nog in elk dorp heiligen rondliepen en er nog in elke boom een engel zat.'
In het begin zagen we Stephen Rose weinig. Hij kwam niet op onze school, zoals we hadden verwacht. Ma zei dat hij vast nog in de rouw was, het arme joch. Pa zei ja, die had heel wat moeten meemaken voor zo'n jonge jongen. Volgens Geordie was er een steekje aan hem los. Geordie kende mensen die een paar huizen bij Crazy vandaan woonden. Ze hadden Stephen gezien toen hij midden in de nacht in de tuin naar de maan stond te staren.
'Naar de maan?' zei ik.
'Ja.' Hij grinnikte. 'Alsof hij de zon en de maan door elkaar haalde en aan het manebaden was. Heb je zijn huid gezien?'
'Zijn huid?'
'Die lijkt wel van was, man. En heb je hem geroken?'
'Hoe zou ik hem moeten ruiken?'
'Ik wel. Ik ben hem op straat tegengekomen. Hij was aan de wandel met Mary, twee gekken bij elkaar. Je weet toch hoe zij stinkt.'
'Ja.' Naar ouderdom, al zei mam dat ze helemaal niet oud was, en naar iets van braaksel en zoetigheid.

‘Hij stinkt nog erger, man. Jasses. Moet je je voorstellen dat je daarbinnen zit met die twee.’
We liepen van school naar huis, vlak langs Crazy’s huis. We keken naar de ramen met de oude versleten vitrage en het medaillon van het Heilig Hart dat in alle katholieke huizen te vinden was. Witte rook kringelde uit de schoorsteen.
‘En hij spookt van alles uit in de tuin en zo,’ zei Geordie.
‘Hoe weet je dat?’
‘Dat zeggen ze. Soms zit-ie urenlang in Crazy’s schuurtje. Dan hoor je hem bonken en hameren en tieren en brullen.’
‘Brullen?’
‘Ja, dat zeggen ze. Jezus, daar heb je Mouldy!’
We bleven stokstijf staan. We drukten ons in de ligusterhaag. Mijn hart ging tekeer. Ik kon bijna geen adem meer halen.
‘We zijn veilig,’ zei Geordie. ‘Hij gaat de andere kant op.’
Ik gluurde door de heg. Daar ging hij, Martin Mould, die we Mouldy noemden, op weg naar de wijk Heworth. Zelfs van die afstand kon je zien dat hij een reus was geworden. Elke keer dat we hem zagen leek hij gegroeid te zijn. Hij was een heel stuk groter dan bij de laatste vechtpartij. Hij en zijn maten hadden ons die dag overvallen vanuit een hinderlaag bij het kerkhof. Ik herinnerde me Mouldy’s dikke knuisten om mijn nek. Ik voelde nog de dreun van zijn legerkisten tegen mijn wang. Ik herinnerde me die valse ogen van hem, zijn rotte adem, zijn kwaadaardige spuug. Soms schrok ik ’s nachts wakker uit een droom waarin het allemaal opnieuw gebeurde.
Ik wachtte met Geordie in de heg, keek en rilde. Mouldy ging The Swan binnen. Hij was pas zestien maar hij dronk als een tempelier.
‘We moeten er meer jongens bij hebben,’ zei Geordie.
‘Ja,’ zei ik.
We gingen verder. Ik deed mijn best om aan iets anders dan Mouldy te denken.

'Brult-ie?' zei ik.
'Ja. Dat zeggen ze. Hij brult. Een gebrul dat de doden wakker zou maken.'

3

De zaterdag daarna zat het ons mee. Er waren twee begrafenissen, een om negen uur en een om tien uur. Geordie en ik waren bij allebei misdienaar.

De eerste was van een vent uit Stoneygate. Hij was op Sunderland Road uit een bus gevallen. Hij was stokoud, dus er werd weinig gejankt en gejammerd. We deden wat we altijd moesten doen in de kerk en stapten toen in de zwarte auto die achter de lijkwagen aan naar het kerkhof van Heworth reed. Daar zwaaiden we met wierook, we sprenkelden wijwater en pastoor O'Mahoney zei zijn tekst over dat wij stof zijn en tot stof zullen wederkeren. Soms kwam een familielid na afloop spontaan met een fooi op de proppen, maar andere keren moest je een flinke hint geven. Deze keer gokten we op een vent in een sjiek blauw pak. Hij was de zoon van de oude man. Hij was er speciaal voor uit Londen gekomen. Ik haalde hem in toen de nabestaanden terugliepen naar de zwarte auto's.

'Gecondoleerd,' zei ik zacht.

'Dank je wel,' zei hij.

'Ik heet David,' zei ik.

'Dank je, David.'

'En dat is Geordie, mijn maat. We vonden het fijn dat we bij de rouwmis konden dienen.'

De vrouw die bij hem was gaf hem een duwtje en fluisterde hem iets toe.

'Dank je wel,' zei hij weer. Hij schoof een opgevouwen bankbiljet in mijn hand.

Ik grinnikte toen we weer in de auto zaten. Ik legde mijn vuist op

Geordies knie, deed mijn vingers open en liet hem het biljet zien.
'Een tientje!' zei hij.
Pastoor O'Mahoney kuchte. Hij zat voorin met de begrafenisondernemer en keek naar ons in de achteruitkijkspiegel.
'Jongens toch,' zei hij. 'Een beetje meer eerbied, ja?'
'Sorry meneer pastoor,' zeiden we tegelijk.
'Een tientje!' fluisterde Geordie weer, en ik zag dat de priester glimlachend zijn hoofd boog.
De volgende was minder gemakkelijk. Het was weer een man, maar veel jonger, met een zoon en dochter die niet veel ouder waren dan wij. Zelfs pastoor O'Mahoney kreeg tranen in zijn ogen en moest steeds zijn neus snuiten in een grote blauwe zakdoek. Op het kerkhof stortte de vrouw van de man in en gilde: 'Waarom? Waarom? Waarom?'
Geordie en ik hadden het vaak genoeg meegemaakt om er niet kapot van te zijn en gewoon ons werk te kunnen doen. Gek genoeg kregen we juist bij zulke begrafenissen grif een fooi. Een vent met een slappe gleufhoed kwam naar ons toe, gaf ons allebei een halve kroon en zei dat we beste jongens waren.
'Leven, daar gaat het om, jongens,' zei hij. 'Begrijpen jullie dat?'
'Ja,' zei ik.
'Maak ervan wat ervan te maken valt. Voordat je het weet, ben je...'
'Doen we, meneer,' zei Geordie.
'Goed zo, jongens.'
'Nog een vijfje erbij!' fluisterde Geordie.
Toen zag ik Stephen Rose. Hij stond tussen de graven. Zijn gezicht leek van was, zoals Geordie had gezegd. We liepen vlak langs hem heen. Hij had een brok gelige klei onder zijn arm.
'Alles goed, Stephen?' vroeg pastoor O'Mahoney.
Eerst leek het niet tot hem door te dringen, maar toen knipperde hij met zijn ogen en zei: 'Ja, meneer pastoor.'
'En waar is je tante vandaag?'

'Weet niet. Thuis, meneer pastoor.'
'Doe haar de groeten. Zeg maar dat ik met een dag of twee weer langskom.'
'Ja, meneer pastoor.'
De priester liep door, stond toen weer stil.
'Deze twee hier zijn beste kerels,' zei hij. 'Misschien kunnen jullie vrienden worden.'
'Ja, meneer pastoor.'
'Mooi zo.'
Stephen kwam dichter bij me staan. Ik begreep wat Geordie had bedoeld met die stank van hem.
'Dit heb ik van de doodgravers gekregen,' zei hij. 'Het komt van heel, heel diep in de grond.'
Hij liet zijn hand over de klei glijden. Hij likte zijn vingers nat en duwde ze toen in de klei. Hij peuterde er iets uit wat op een steentje leek en bekeek het.
'Een stukje bot,' zei hij.
Snel drukte hij drie gaten en een gleuf in de klei: twee ogen, een neus, een mond. Hij hield het ding in de lucht en liet hem bewegen als een poppenkastpop. Hij zette een hoog stemmetje op.
'Hallo,' zei het ding. 'Hoe heet jij?'
'Davie,' zei ik.
'Hé, Davie!' riep Geordie bij het portier van de auto.
'Het is waardeloze klei,' zei Stephen. Hij krabde met zijn nagel en liet zien hoe het spul zomaar verkruimelde. 'Zie je?' zei hij.
'Ja,' zei ik.
Hij liet zijn hand voor mijn ogen heen en weer gaan, staarde me aan en grinnikte.
'Je groet niet terug,' zei hij. 'Vooruit, zeg eens hallo.'
Ik draaide me om naar Geordie.
'Kom op,' zei Stephen. 'Gewoon voor de lol.'
'Hallo,' mompelde ik.

‘Hallo Davie,’ piepte de klei. ‘Leuk dat je in me gelooft.’
Ik schudde mijn hoofd en rolde met mijn ogen, zoals je doet als je ergens in ben getrapt. Ik keek grinnikend naar Stephen.
‘Ik ben Stephen Rose, Davie,’ zei hij.
‘Davie!’ schreeuwde Geordie.
Ik holde naar de auto. We reden het kerkhof af. De priester keek naar me in de achteruitkijkspiegel.
‘Alles in orde, Davie?’ vroeg hij.
‘Ja, meneer pastoor.’
‘Mooi zo,’ zei hij. ‘Jij zou die knul wel eens goed kunnen doen.’
Toen lachte hij.
‘Jullie hebben lekker verdiend vanochtend, hè?’ zei hij.
‘Ja, meneer pastoor,’ antwoordden we.

4

‘Ze zijn stapelgek,’ zei Geordie.
‘Wat?’ zei ik.
‘Stapelgek. Dat hele godvergeten zooitje. Stapelgek geboren en stapelgek gebleven. Dat zegt mijn pa.’
‘O ja?’ zei ik.
‘Ja. En Stephens opa was de grootste gek van allemaal.’
‘Hoe weet jouw pa dat?’
‘Hij zag hem vroeger vaak, man. Ze noemden hem Rocky Rose. Hij haalde trucs met hypnose uit in Cullercoats en Whitley Bay. Kreeg mensen zover dat ze hun broek lieten zakken en zichzelf onder pisten en zo...’
‘Bestaat niet.’
‘Ik zweer het, man. Hij flikte allerlei kunstjes en kreeg er bier voor. Op het strand en overal. M’n pa zegt dat hij hem als klein jochie bezig heeft gezien. Hij zegt dat hij een oud wijf met kleren en al zo in zee zag duiken. En er was een kerel die met zijn armen begon te klapwieken en het op een krijsen zette omdat-ie dacht dat-ie een zeemeeuw was.’
‘Tering.’
‘Ja. Tering. Uit zo’n nest komt-ie. De ene helft van de familie reisde kermissen af met een kraam vol gedrochten. De andere helft bestond uit zwervers, armoedzaaiers en dromers. Rocky is blijkbaar in een tent in het bos geëindigd, helemaal verloederd, met haar als een neanderthaler, en als er iemand in zijn buurt kwam nam hij de benen.’
‘Tering.’
‘Zeg dat wel. Hij is nu dood en het kermisvolk is ermee gestopt.

Maar het is dus geen wonder dat Stephen wat je noemt...'
'Nou. Stel je voor, joh.' We probeerden het ons voor te stellen.
Toen zei Geordie: 'Ze beweren dat Stephens ma en pa beschaafder wilden worden, en als gewone mensen in een gewoon huis wilden wonen en gewone banen zoeken en zo, maar...'
'Het lukte niet.'
'Nee.'
'Stel je voor. Als je dat allemaal in je familie hebt...'
'Zoals je opa...'
'En je ma...'
'En je enige tante, verdomme...'
We stommelden rond en grauwden als waanzinnigen. Toen schoten we in de lach.
'Tering,' zei ik. 'Het is zijn noodlot! Zijn noodlot!'
We waren bij de grot. We hadden allebei een mes. We zaten scherpe punten aan takken te slijpen. We gingen ze opstellen bij de ingang van de steengroeve, diep in de modder, met de punten omhoog, als een val.
'Mijn pa zegt dat hij gewoon vrienden nodig heeft,' zei ik.
'O, zegt-ie dat?'
'Ja. En m'n ma ook.'
Ik haalde het mes langs de stok. Ik duwde de punt in mijn palm. Vlijmscherp. Ik stelde me voor dat Mouldy erbovenop zou trappen. Ik zag voor me hoe de punt zich dwars door de schoenzool in zijn voet zou boren. Ik dacht aan bloedvergiftiging, aan Mouldy in het ziekenhuis, aan de dokter die tegen Mouldy's moeder zei: 'Er is geen redden meer aan, mevrouw Mould. Die voet moet eraf.' Ik zag voor me hoe Mouldy de rest van zijn leven door Pelaw zou strompelen. Ik boog de punt om, maakte hem stomp, maar ik zorgde wel dat Geordie het niet zag.
'Ze vindt dat we bij hem langs moeten gaan,' zei ik.
'Dat kan ze niet menen.'

'Ze zei: ga eens in zijn schoenen staan.'
'Wat zei jij toen?'
'Niks. Ik zei dat we geen tijd hadden. Zij zei dat we alle tijd van de wereld hadden.'
'Poeh.'
Geordie pakte een volgende stok op.
'We moeten eigenlijk ook lussen ophangen,' zei hij. 'Daar in de meidoorn. Lopen ze recht in de strop en knopen zichzelf op. En we moeten in ieder geval struikeldraad spannen zodat ze halsoverkop in de vijver donderen.'
We moesten lachen bij het idee dat ze in de bomen zouden bengelen en in de vijver zouden donderen.
Toen leunde ik achterover tegen de stenen. Het was allemaal even stom. Mouldy was de enige echte ploert. Zijn makkers waren gewone jongens, net als wij. Ze speelden net als wij, vonden het griezelig en spannend net als wij. We knokten alleen omdat zij uit Pelaw kwamen en wij uit Felling. We deden alsof we ze haatten omdat zij protestants waren en zij deden alsof ze ons haatten omdat we rooms waren, maar dat had er eigenlijk niks mee te maken. Zo ging het nu eenmaal tussen Felling en Pelaw. Het had er altijd bij gehoord, al in de jonge jaren van mijn pa. Hij lachte erom als hij hoorde dat het nog steeds zo ging, en als mijn moeder zich zorgen begon te maken zei hij dat het niks voorstelde, het was maar kwajongensspel. Maar die Mouldy – met hem lag het anders. Toen hij die dag zijn knuisten om mijn nek klemde, hadden zijn eigen makkers Geordie geholpen hem van me af te trekken. Toen hij me in mijn gezicht schopte had hij dat met volle kracht gedaan. Toen hij me in mijn gezicht snauwde was het met echte haat, echte kwaadaardigheid. 'Roomse rotzak,' had hij me toegebeten. 'Klotekatholiek uit Felling.' En ik had de blauwe plekken en de angst nog dagenlang met me mee gedragen.
'Vind je hem geen griezel?' vroeg Geordie.

'Mouldy?'
'Tuurlijk is Mouldy een griezel. Ik bedoel Stephen Rose. Vind je hém geen griezel?'
'Weet ik het. Hij is doodgewoon, net als wij.'
'Net als wij? Tering, man. Zoals hij in die schuur tekeergaat, en met kluiten aarde rondzeult – op het kerkhof verdomme...'
'Klei.'
'Ook goed. En hij woont bij Crazy Mary. En zijn ma is stapelgek, zijn pa is dood, en zijn opa was een verwilderde zwerver.'
'Nou ja, als je het zo zegt is hij misschien best een griezel.'
'Misschien? Hij zou wel eens allejezus angstwekkend kunnen zijn, man.' Hij lachte. 'Denk jij hetzelfde als ik?' vroeg hij.
'Weet ik niet.'
'Zou je wel moeten weten,' zei hij. 'Zo'n gozer als Stephen Rose is misschien precies wat wij nodig hebben.'
Hij stompte zijn stok hard in de grond.
'Kom op,' zei hij. 'We gaan bij Crazy langs.'

5

Crazy's deur was groen en de verf bladderde af. De klopper was roestig en knarste toen Geordie hem optilde. Hij moest hem een flinke duw geven om hem neer te laten komen. Er werd niet gereageerd. Ik slaakte een zucht van opluchting, draaide me om en wilde weggaan.

'Kom op,' zei ik. 'Ze zijn er niet.'

Maar Geordie klopte nog eens, en nog eens.

'Geordie, man,' zei ik.

Toen klonken er voetstappen aan de andere kant van de deur en Crazy loerde door de smalle brievenbus.

'Wie is daar?' vroeg ze.

'We komen voor Stephen Rose,' zei Geordie.

Hij boog zich voorover naar de deur. Hij trok mij ook mee.

'Kijk,' zei hij. 'Wij zijn het, mevrouw...'

'Juffrouw Doonan,' fluisterde ik hem toe.

'Wij zijn het maar, juffrouw Doonan. U hebt ons op het altaar gezien. We wilden vragen of Stephen buiten komt.'

Haar ogen rolden in hun kassen. Ze knipperde. De deur kraakte open op een kier en haar wasbleke gezicht verscheen.

'Op het altaar?' vroeg ze.

'Ja,' zei ik.

'Zijn jullie dan brave jongens?'

'Nou en of,' zei Geordie.

'U kent onze ouders, juffrouw Doonan,' zei ik.

Haar ogen hielden even op met rollen toen ze me bekeek.

'Ik zie het gezicht van je moeder in jou,' zei ze tegen mij.

Ze deed de deur een stukje verder open en stak haar magere arm

naar buiten. Ze trok met haar andere hand de bloemetjesmouw op en wees naar een plekje onder haar elleboog.
'Je moeder heeft me daar een keer aangeraakt,' zei ze. 'Ze zei: "Rustig maar, Mary, rustig maar. Wind je niet op." Ik kan haar vingers nog voelen.'
Bij die herinnering streelde ze haar huid.
'Is hij thuis?' vroeg Geordie.
Ze kneep haar ogen tot spleetjes. Ze staarde langs ons heen naar de lege hemel. Ze zei: 'En ik hoor nog haar stem. "Rustig maar, Mary." Dat zei ze. Als een echte moeder.'
Ze stak haar hand uit, raakte mijn wang aan en ik deinsde achteruit.
'Weten jullie dat er een jongen naar me toe is gestuurd?' vroeg ze.
'Ja,' zei Geordie. 'We komen voor hem, mevrouw.'
'Komen jullie voor hem?'
'Ja mevrouw.'
Ze sloeg een kruisteken.
'Alsof je door de hemel bent gezonden,' zei ze.
'We kunnen vrienden worden,' zei Geordie.
Ze deed de deur nog verder open.
'Hij kan misschien wel vrienden gebruiken,' zei ze.
Geordie gaf me een por met zijn elleboog en ging naar binnen.
'Daar is een wijwatervat,' zei ze. 'Maak een kruisteken en kom erin.'
We doopten onze vingers in het kommetje op de tafel vlak naast de deur. Ze keek hoe we een kruisteken sloegen. Met rollende ogen keken we elkaar even aan en volgden haar toen door de smalle gang. Over de muur vlogen stoffige engelen van gips. Er hing een reusachtig, ouderwets schilderij van Jezus met de doornenkroon in zijn schedel geprikt en zijn borst ontbloot om zijn enorme heilig hart te tonen. Het stonk er naar pis, de lucht was koud en de vloer was van kale planken.
'Hij moest eigenlijk priester worden,' zei ze.

'Dat weten we,' zei ik.
'Hij had van begin af aan een heilig hart,' zei ze.
Geordie stond te schudden van het ingehouden lachen.
'Dat is mijn over-overoudtante Annie,' zei ze. Ze wees naar de muur, waar een antieke foto hing van een kleine wazige vrouw die een pijp rookte en bij een goor landarbeidershuisje stond.
'Dat is in Connemara,' zei ze. 'Annie heeft alle dagen van haar leven op dat gezegende Ierse hoogveen doorgebracht.'
'O ja?' snoof Geordie.
'Ja.' Ze sloeg haar ogen op naar het plafond. 'En als er iemand in de hemel is gekomen, is zij het wel.'
Op de keukentafel stonden een geblutste aluminium theepot en twee bekers. Er lag brood en een klont margarine en er stond een pot jam met een mes erin. Een gebedenboek lag opengeslagen. Een beeldje van Onze-Lieve-Vrouw stond afgetekend tegen het achterraam. Het gras en het onkruid in de kleine tuin waren kniehoog, met een platgetrapt paadje erdoorheen naar de deur van de zwarte schuur achterin.
'Is hij thuis?' vroeg ik.
'Nee,' zei ze. 'Hij is niet thuis. Hij is met zijn heilige arbeid bezig.'
Ze deed de deur open. Een grote kraai begon te krassen en klapwiekte weg naar een andere tuin. Ergens lag een baby de longen uit het lijf te blèren.
'Wacht hier,' zei ze.
Ze liep naar de schuur. Geordie en ik haalden onze neus op.
'Tering,' zei ik. 'Laten we maken dat we wegkomen, voor ze ons opsluit.'
Weer snoven we luidruchtig.
Ze deed de schuurdeur open. Er viel een bundel zonlicht naar binnen. In de schuur zagen we Stephen, die zich naar Crazy Mary omdraaide en daarna naar ons tuurde. Toen kwam Crazy Mary weer naar buiten. Ze strekte haar handen naar ons uit.

'Ja!' riep ze. 'Ja! Hij zegt dat jullie bij hem mogen komen!'
We verroerden geen vin.
'Kom dan!' riep ze.
'Hel en duivel,' fluisterde ik.
'Kom op, man,' zei Geordie.

6

Hij zat aan een werkbank met een mes in zijn hand. Hij was hout aan het bewerken, een afgebroken boomtak. Het stuk hout had een arm, een been, het begin van een gezicht. Er lagen schaafkrullen op zijn armen, op de werkbank en de vloer. Stof dwarrelde in het licht dat door een ruitje in het schuine dak naar binnen viel. De hoeken van de schuur waren onzichtbaar in de schaduw.

'Ik ben bezig voor die pastoor,' zei hij.

'Pastoor O'Mahoney,' zei ik.

'Ja. Die. Hij zegt dat ledigheid des duivels oorkussen is en dat ik daarom bezig moet blijven. Kijk,' zei hij en hij wees naar een andere bank. Daar stonden nog meer figuren op, gesneden uit gebogen en verwrongen hout waardoor het leek of ze wankelden, voorovergebogen of kunstjes uithaalden. 'Ze zijn mislukt,' zei hij. 'En dat ding ook.' Hij wees naar een ruwe figuur van klei. Het lijf brokkelde af. Het miste al een arm en een been. Hij raakte het ding aan en er viel nog een been af.

'Zie je?' zei hij. 'Ik heb goeie klei nodig. Maar die vind je hier niet.' Hij stak zijn hand uit en raakte heel even mijn wang aan. Ik deed een stap achteruit.

'Zo hoort klei te zijn,' zei hij. 'Als vlees en bloed. Als een levend lijf. Maar kijk.' Hij gaf het beeldje een zet en het viel uiteen in gruzelementen en stof. 'Zie je?' zei hij.

Hij pakte een van de houten figuurtjes en liet het met het grootste gemak knappen tussen zijn handen. 'Zie je?' zei hij.

Hij draaide zich om en keek naar Crazy.

'Ziet u wel?' zei hij. 'Ik zei het toch, tante Mary. Ik heb hier geen goed spul.'

Ze liep naar het huis terug en keek naar ons door het keukenraam. Hij schopte de schuurdeur dicht.
'Ze is geschift,' zei hij. 'Het zijn de apostelen. Hij wil ze voor school of zoiets. Het is rotzooi.'
Hij stak het mes in de werkbank. Hij blies in het dwarrelende stof en het danste en schitterde in de bundel licht om hem heen.
'Daar zijn we van gemaakt,' zei hij. 'Van stof. Daarom is klei het beste. Hout heeft al geleefd, dus is het dood. En hoe kun je van iets wat dood is weer iets levends maken?'
'Weet ik veel,' zei ik.
'Dat bestaat niet. Je moet weer bij het begin beginnen, met iets wat niet eerst iets anders is geweest.'
Geordie en ik keken elkaar even aan.
'Net als God heeft gedaan,' zei Stephen.
Hij keek naar me. Ik probeerde het stof weg te slaan dat hij op mijn wang had achtergelaten.
'Heb je vuur?' vroeg Stephen.
Geordie haalde een doosje lucifers uit zijn zak en rammelde ermee. Stephen pakte het aan. Hij schopte de deur weer open. Hij greep een handvol houtslijpsel en legde het buiten op de grond. Hij streek een lucifer af, stak het hout aan en legde de apostelen erbovenop. Ik en Geordie bleven dicht naast elkaar staan kijken hoe het vuurtje brandde. Stephen ging er op zijn hurken naast zitten en warmde zijn handen aan de vlammen.
'Kijk,' zei hij. 'Zo doe je dat.'
'Tering,' mompelde Geordie.
'Klei wordt hard van het vuur,' zei Stephen. 'Maar hout... bah!'
Crazy keek naar ons en beet op haar nagels.
Stephen schermde met zijn hand zijn gezicht af van de zon. Hij tuurde naar ons.
'Wat moeten jullie eigenlijk van me?' vroeg hij.
Ik schudde mijn hoofd.

‘Niks,’ zei ik.
Hij grinnikte naar me.
‘Nou, dat kun je van me krijgen,’ zei hij. Hij deed alsof hij me iets toegooide. ‘Hier heb je je niks.’
De apostelen vonkten, sisten en krulden om terwijl ze aan onze voeten verbrandden.
‘Wij weten waar je klei kunt krijgen,’ zei Geordie. ‘Massa’s klei.’
‘Is dat zo?’ vroeg Stephen.
‘Ja,’ zei ik.
‘We kunnen je erheen brengen,’ zei Geordie.
‘Doe maar dan,’ zei Stephen.
Hij lachte naar me.
‘Breng me er maar heen,’ zei hij. ‘Ik ga mee.’
Dus lieten we de brandende apostelen achter en gingen Crazy Mary’s huis weer in. Crazy draaide in de keuken nerveus om Stephen heen. Ze wilde haar arm om hem heen slaan, maar hij zei recht in haar gezicht: ‘Blijf van me af. Ik heb het een en ander te doen met mijn maten.’
We gingen terug door de gang. Ik doopte mijn hand in het heilige water en sloeg weer een kruis. Toen gingen we Stephen voor over Watermill Lane naar Braddocks Garden en we brachten hem naar de kleivijver, waar hij de kikkerdril opzij duwde en zijn arm diep in het melkachtige water stak om er een handvol druipende, bleke klei uit te halen.
‘Grandioos!’ hijgde hij.
Hij stond op en hield de klei voor mijn gezicht. Het spul lekte spetterend op de grond tussen ons in.
‘Dit is het,’ zei hij. ‘Dit is het helemaal.’
Hij kwam dicht bij me staan.
‘Zeg er maar hallo tegen,’ zei hij. Hij lachte. ‘Denk je eens in wat we hiervan kunnen maken.’

7

De zaterdagavond van diezelfde week. Ik ging naar de St.-Patrick. Ik knielde in het donkere biechthokje. Door het roostertje kon ik het gezicht van pastoor O'Mahoney zien. Ik dacht er even over om mijn stem te verdraaien, maar ik wist dat het niks zou uitmaken. Hij wist toch wel wie ik was. En wat zou het ook? Mijn zonden waren niks bijzonders, net als ikzelf. In die tijd waren de dingen die ik uithaalde kleinigheden, onnozel gedoe. Het was alsof ik maar wat verzon.

Ik begon met de woorden die me geleerd waren toen ik nog klein was.

'Ik heb gezondigd in gedachten, woorden en daden. Ik heb twee weken geleden voor het laatst gebiecht.'

'Ja, mijn zoon?' zei hij. Hij zuchtte en wachtte af.

Het was altijd beter om met het ergste te beginnen.

'Ik heb miswijn gedronken.'

'O ja? Dat is diefstal en heiligschennis tegelijk.'

'Ja, dat weet ik. Vergeef me, meneer pastoor.'

'Ik ben niet degene aan wie je hier vergiffenis moet vragen.'

'Nee, meneer pastoor.'

'Zul je het nooit meer doen?'

'Nee, meneer pastoor. En ik heb sigaretten van mijn pa gestolen.'

'Heb je ze opgerookt?'

'Ja. En ook sigaretten van een andere jongen z'n pa. En ik heb eigendommen van anderen begeerd. Hun geld. En ik heb mensen uitgescholden. En...'

'Waarvoor heb je ze uitgescholden?'

'Voor vissenkop, meneer pastoor.'

'Voor vissenkop?'
Ik hoorde zijn zachte proestlachje.
'Ja, meneer pastoor.'
'Dat is heel erg. En verder?'
'Ik heb mensen in nood uitgelachen.'
'Dat is een gebrek aan mededogen dat leed veroorzaakt.'
'Ja, meneer pastoor, dat is zo.'
'En zul je dat gedrag veranderen, jongen?'
'Ja.'
'Verder nog iets?'
Ik klemde mijn kiezen op elkaar. Ik dacht aan Geordies oudere zus, Noreen. Ze was zestien en zat in de eindexamenklas. Ze was een stuk. Hij wachtte. Hij zuchtte.
'Verder nog iets?' herhaalde hij. 'Bedenk wel, God ziet en weet alles.'
'Ik heb onkuise gedachten gehad, meneer pastoor.'
'O ja?'
'Ja.'
'En heb je gevolg gegeven aan die gedachten?'
'Wat? O nee, meneer pastoor.'
'Mooi zo. Was dat alles?'
'Ja, meneer pastoor.'
'En heb je berouw van je zonden?'
Ik zweeg even en dacht na. Ik dacht even aan de bittere, betoverende smaak van de sigaretten. Ik dacht aan Noreen die afgelopen zomer in Geordies achtertuin had liggen zonnen.
'Heb je berouw?' vroeg mijn biechtvader weer.
'Ja, meneer pastoor. Heel veel berouw.'
Ik zag zijn hand langs zijn gezicht gaan toen hij me de absolutie gaf.
'Je zonden zijn je vergeven,' zei hij. 'Bid vijf Weesgegroetjes en een Onzevader als boetedoening en neem je voor om voortaan goed te zijn.'

'Ja, meneer pastoor, dat zal ik doen.'
'En handen af van de miswijn.'
'Ja, meneer pastoor.'
'En van je vaders sigaretten.'
'Ja, meneer pastoor.'
'Ga heen in vrede en zondig niet meer.'
Ik stapte het biechthokje uit en de halfverlichte kerk in. Ik knielde bij het altaar en bad mijn penitentie. Het gemompel van de biechtende na mij weerkaatste zacht tegen de muren.
'En verlos ons van het kwade, amen,' zei ik eindelijk en ik holde de avond in. Ik voelde me zo licht als een veertje. Geordie was al klaar. Hij wachtte buiten op me. Hij stak twee sigaretten aan en we bliezen grote rookpluimen de avondlucht in.
'Geweldig om je zo heilig te voelen, hè?' zei hij.
'Nou,' zei ik. Ik hief mijn handen naar de hemel. 'Ons hartje is weer rein!'
Lachend zetten we het op een lopen. We bonkten expres steeds tegen elkaar op en liepen een beetje aan elkaar te duwen en te trekken, de peuken tussen onze lippen geklemd. Een kerel kwam The Half Way House uit en we liepen hem bijna omver.
'Mafkezen,' zei hij. 'Kan je niet uitkijken waar je loopt?'
'Rot op,' zei Geordie.
'Precies,' zei ik. 'Rot op, Vissenkop.'
En we renden weg, en hij zette de achtervolging in maar kon ons niet inhalen. We renden het plein over, bleven toen staan en ik schreeuwde uit alle macht: 'Vissenkop! Vissenkop! Hahahahaha!'
Ik sloeg mijn hand voor mijn mond.
'Ik heb beloofd dat ik niet meer zou schelden. En niet meer zou roken.'
'Ik ook al,' zei Geordie.
We keken elkaar grinnikend aan.
'Volgende week gaan we weer biechten,' zei ik.

'Zo is dat,' zei Geordie. 'En daarna zullen we echt braaf zijn.'
'Vissenkop!' jouwden we. 'Vissenkop! Vissenkop!'
Toen bedaarden we en slenterden we verder, en Geordie vertelde me iets nieuws dat hij over Stephen Rose had gehoord.

8

‘Hij is er niet uit zichzelf af gegaan,’ zei hij.
‘Hè?’
‘Van Bennett College. Het seminarie. Hij is niet uit zichzelf gegaan. Ze hebben hem eraf getrapt.’
‘Wie zegt dat?’
‘M’n oom Joe.’
‘O, die!’
‘Ja, die – maar hij is niet zo achterlijk als hij eruitziet. Hij sprak in de Columba Club een vent die het hem haarfijn heeft verteld. Ze vonden dat Stephen Rose een slechte invloed had. Ze zeiden dat het iets met duivelsverering te maken had. Met zwarte missen en zo. Het Onzevader achterstevoren bidden, het kruis op z’n kop hangen en zwarte kaarsen branden en zo.’
‘Lulkoek. Alsof dat daar mag.’
‘Maar het mocht toch ook niet? Daarom is-ie eraf getrapt.’
‘Maar die jongens liggen daar op slaapzalen en de paters houden ze dag en nacht in de gaten. Hebben we zelf gezien toen we tegen ze gingen voetballen.’
‘Als je iets wilt uitvreten, vind je er altijd wel iets op, Davie. Dat weet je best.’
‘Kan zijn.’
‘Er waren knullen bij uit Sunderland die er stapelgek van zijn geworden.’
‘Uit Sunderland? Nou ja, wat wil je ook.’
‘Haha. Ze moesten opgenomen worden. En nu zitten ze in een soort kliniek in Rome en worden verpleegd door nonnen.’
Ik trok aan mijn sigaret en dacht na over zijn woorden.

‘Er moest zelfs een duiveluitdrijving aan te pas komen,’ zei hij.
‘Je gelooft toch niet in die flauwekul?’
‘Welke flauwekul?’
‘Al dat gedoe met duivels en exorcisme en zo.’
‘Maar als je wel in het andere gelooft...’
‘In welk andere?’
‘Nou, in God en goedheid. Dan moet je misschien ook wel in de duivel en slechtheid geloven.’
‘Je kunt ook nergens in geloven.’
Hij zette zijn handen in zijn zij, hield zijn hoofd scheef en tuitte zijn lippen.
‘Ga je me nou vertellen dat jij nergens in gelooft?’ zei hij.
Ik haalde mijn schouders op.
‘Weet ik veel,’ zei ik. ‘Misschien is er wel helemaal niks. Niks dan een zooi sterke verhalen, leugens en sprookjes.’
Ik piekte mijn peuk weg.
‘Dat is gelul,’ zei hij. ‘Hoe kan er nou niks zijn?’
‘Weet niet,’ zei ik.
‘Dat bedoel ik. Kijk dan om je heen.’ Hij schopte tegen een boom. ‘Die boom komt toch zeker niet uit het niks? De aarde, de hemel en het hele godvergeten zonnestelsel komen toch ook niet uit het niks?’ Hij porde met zijn vinger in mijn borst. ‘*Jij* komt toch ook niet uit het niks?’
‘Weet niet,’ zei ik.
‘Weet niet? Je kletst uit je nek, man.’
Weer haalde ik mijn schouders op. We liepen verder door de stille straten.
‘Trouwens,’ zei ik, ‘als hij zoveel rotzooi heeft geschopt, hadden ze hem vast niet hierheen gestuurd om bij zo’n mafketel als Crazy Mary te gaan wonen.’
‘Ah, dat is de andere kant van het verhaal. Hij is hierheen gestuurd vanwege pastoor O’Mahoney. Die zou verstand hebben van jon-

gens en hoe je ze in de gaten moet houden. Let maar op. Wedden dat hij Crazy's deur plat gaat lopen?'
'Ik moet het nog zien,' zei ik.
'Daarom komt hij ook niet op school, snap je. Ze willen niet dat hij ons ook nog eens op het slechte pad brengt. En Crazy Mary? Makkelijk zat. Die is volgens hun te stom om onder zijn invloed te komen.' Hij lachte. 'Logisch toch? Of niet?'
Hij schudde zijn hoofd.
'Jij bent zo groen als gras, Davie,' zei hij. 'Dat is het probleem met jou. Jij denkt dat alles en iedereen even leuk en aardig is. Je bent naïef, man.'
'Zeik niet,' zei ik.
'Oké, dan niet. Maar toch is het zo, man. Je bent hartstikke slim en zo, maar je bent ook een sukkel.' Hij rolde met zijn ogen en zette een spookachtige stem op. 'Je weet niet half hoeveel kwaad er op de wereld is!'
Ik trok mijn kraag op tegen de kilte van de avond.
'Zeik niet,' zei ik weer.
Geordie sloeg zijn arm om mijn schouders.
'Oké, goed,' zei hij. 'De grote vraag is natuurlijk, wat is er nou eigenlijk echt met zijn pa gebeurd? En waardoor is zijn ma gek geworden?'
Ik deed mijn ogen dicht en zei niets. Hij lachte en trok me tegen zich aan. Ik kon voelen dat hij brandde van opwinding.
'Die arme Mouldy, hè?' zei hij. 'Als hij eens wist wat hem te wachten stond. Hier, neem nog een peuk.'

9

Een paar dagen later in de middagpauze op school. Ik had gevoetbald met de jongens op het sportveld en liep badend in het zweet en met een grote winkelhaak in mijn broek naar het gebouw terug toen een meid die Frances Malone heette mijn richting uit kwam en zogenaamd per ongeluk tegen me op botste.
Ze bleef pal voor me staan.
'Ik ken iemand die een oogje op jou heeft,' zei ze.
Ik zei niks.
'Nou, toe dan,' zei ze. 'Vraag dan wie.'
Ik veegde een druppel zweet weg.
'Wie?' vroeg ik.
'Zeg ik niet.'
'Mij best,' zei ik.
Ik veegde nog meer zweet af. Andere leerlingen wrongen zich langs ons heen om bij hun lokaal te komen. Docenten riepen dat iedereen moest doorlopen. Ik kwam weer in beweging.
'Kan het je niet schelen?' vroeg ze.
Ik schudde van nee. Mijn hart ging als een razende tekeer.
'Tuurlijk kan het je schelen,' zei ze. 'Ja, hè? Ja toch?'
Ik zei niets. Ik liep door. Ze haalde me in.
'Maria O'Callaghan,' zei ze. 'Ze vindt je het einde. Ze vraagt of je verkering wil.'
Mijn hart bonkte zowat mijn lijf uit. Ik zei niets. Misschien nam ze me gewoon in de maling. Ik liep door.
'Wedden dat je wilt,' zei Frances. 'Wedden dat je haar ook het einde vindt. Dat vinden alle jongens.'
Ze giechelde toen ik verder liep.

‘Of trek je liever eeuwig met die sukkel van een Geordie op?’ riep ze me na.
We hadden ’s middags tekenen. Dat kregen we van Prat Parker, die haar tot in zijn ogen had en een stom sikje. Prat was wel oké, maar hij ging echt prat op zijn werk. Maaiend met zijn armen stond hij te mekkeren over creativiteit en hoe kunst een mengeling was van ongebreidelde gekte en strenge discipline. Dan deelde hij vellen papier uit, zette bloemen en potten en dierenschedels en andere spullen neer en droeg ons op: ‘Teken wat je ziet...’ waarna hij waarschuwend zijn vinger hief en zijn ogen wijd opensperde alsof hij iets heel diepzinnigs had te melden: ‘... maar kijk door de bril van je verbeeldingskracht. Ga je gang, kunstenaars!’
Meestal rotzooiden Geordie en ik wat aan, kliederden met verf, maakten vlekken en gaven onze producten titels als *De boodschap* of *Innerlijke bloesem* of *Chaos* of *Duistere eenzame nacht*. Prat vond het allemaal even prachtig. Hij vond ons werk veelbelovend. ‘Maar misschien nog een tikje te vrij,’ zei hij. ‘Ik stel voor dat je eerst aandacht geeft aan saaie, nauwkeurige details voor je je zo spontaan door je fantasie laat meeslepen. Maar prachtig werk is het. Echt prachtig werk.’ En hij hing de ene na de andere tekening aan de muur.
Die middag hield hij zich zowaar eens rustig. Hij zei dat hij ons iets wonderbaarlijks wilde laten zien, en hij zette een paar kleibeeldjes op zijn bureau. Ik wist meteen wat het waren. Apostelen.
‘Pastoor O’Mahoney heeft ze me gebracht,’ zei Prat. ‘Ze zijn vannacht gebakken. Ze zijn gemaakt door een jongen die niet veel ouder is dan jullie. En ze zijn ronduit... verbluffend.’
Geordie keek naar mij. Ik keek naar Geordie. We waren apetrots. Die dingen waren begonnen als modderige klonten slijk uit onze vijver. Prat zei dat we eromheen moesten komen staan. We moesten nauwkeurig kijken hoe levensecht ze waren, hoe sierlijk, hoe fraai gevormd.

'En toch zijn ze ook weer heel gewoon,' zei hij. 'Kijk maar naar de gezichten. Dit zijn geen geïdealiseerde hemelse wezens. Je kunt je bijna voorstellen dat ze gewoon bij ons in Felling op straat lopen. En ze hebben een innerlijke goedheid, een innerlijk... licht. Zien jullie dat wel?'
Er werd wat gemompeld. Er werd hier en daar gegrinnikt. Iemand liet een scheet. Een papieren vliegtuigje zoefde boven ons hoofd door de lucht. Prat negeerde het allemaal.
'Natuurlijk zijn ze niet volmaakt,' zei hij. 'Soms is een schouder wat slordig, zit een oor een tikje scheef. Maar in de kunst gaat het nu eenmaal nooit om volmaaktheid.'
Hij tilde een beeldje op, draaide het om in zijn handen.
'Het zou me niets verbaasd hebben als me was verteld dat ze waren gemaakt door een dertigjarige beroepskunstenaar.' Hij keek ons stuk voor stuk recht aan. 'Maar dat ze het werk zijn van een jongen, nog wel een jongen die het volgens de verhalen – en daarover wil ik niet uitwijden – heel moeilijk heeft... Tja, daar word je nederig van. Dit zijn levende dingen. Van klei. Van steen. Gemaakt van aarde. Maar ze leven!'
Toen zette hij ze weg. Hij sjorde een zware zak klei naar zijn bureau.
'En laten we dan nu,' zei hij, 'op onze eigen onbeholpen wijze op zoek gaan naar dat innerlijke licht.'

10

Toen we 's avonds naar de grot gingen, troffen we Stephen daar aan. Hij zat een beeldje van klei te maken op zijn schoot. Naast hem brandde een vuurtje. Hij keek op en zag ons, maar keek meteen weer naar zijn werk en zei geen woord.

'We hebben je twee apostelen gezien,' zei Geordie.

'De tekenleraar liet ze zien,' zei ik. 'Prat heet-ie. Hij vond ze gewoonweg briljant.'

Stephen werkte door.

'Roken?' vroeg Geordie.

Hij haalde een paar Capstans uit de zak van zijn hemd en hield ze hem voor.

'Stinkstokken,' zei Stephen. 'Je komt vanbinnen vol rotzooi te zitten.'

'O ja?' zei Geordie. Hij hoestte en spuugde een fluim uit toen hij er een opstak. 'Maar ze zijn wél lekker. En wie mag dat zijn? Sint-Lulhannes?'

'Sint-Petrus.'

Geordie wees naar de vijver.

'Daar ligt nog massa's van dat spul. De klei gaat heel diep door, tot het middelpunt van de aarde.'

Stephen keek hem aan.

'Welnee,' zei hij. 'D'r is een knul langs geweest.'

'Wat? Hier?'

'Ja.'

'Hoe groot?'

'Klein. Zoiets als ik. Maar mager en spits.'

Geordie en ik keken elkaar aan.

‘Skinner,’ zei ik. ‘Wat zei hij?’
‘Niks. Dat hij gehoord had dat we met meer waren. Hij zei dat ik moest oppassen met wie ik optrok.’
‘Wat zei jij toen?’ vroeg Geordie.
‘Niks. Dat-ie kon oprotten. Ik liet hem mijn mes zien. Toen gingie weg.’
Hij pakte een kever die over zijn voet kroop. Hij keek ernaar, drukte hem dood met zijn duim en hield hem toen omhoog alsof hij nog een levensteken verwachtte.
‘Waar is-ie gebleven?’ zei hij.
‘Huh?’ zei Geordie.
‘Niks,’ zei Stephen.
Hij liet de kever in het vuur vallen en we hoorden een snel, fel geknetter toen hij verbrandde.
‘Zo doe je dat,’ zei hij.
Hij keek om zich heen.
‘Heiligen leefden in net zulke grotten,’ zei hij. ‘In de woestijn. In de wildernis. Ze stelden zichzelf op de proef.’
‘Klopt,’ zei Geordie. ‘Zoals die magere die van sprinkhanen leefde en zo. En die ene die nooit kleren droeg.’
‘Ja,’ zei Stephen.
Hij streek de zachte natte figuur glad met zijn handpalm.
‘Op Bennett,’ zei hij, ‘zei een pater eens tegen me dat ik eerder geschikt was voor de wildernis dan voor de beschaafde wereld.’
‘Dan ben je in Felling op je plaats,’ zei Geordie.
‘Hoe was het daar?’ vroeg ik. ‘Op Bennett?’
Stephen haalde zijn schouders op.
‘We leerden de catechismus uit ons hoofd,’ zei hij. ‘We moesten bidden. We gingen naar de mis. We aten stapels brood met jam. En we deden het gewone schoolwerk – sommen, taal, aardrijkskunde en zo. We leerden ook over God en wonderen en hoe je een goeie priester moest worden. We voetbalden en hielden trektoch-

ten door de bossen. Een heleboel jongens hadden het best naar hun zin.'

'Ik vond het ook jofel toen we er waren,' zei Geordie. 'Vrienden bij de vleet. Geen moeders en zussen die je op je nek zitten.'

'Het zat niet iedereen lekker,' zei Stephen. 'Niet iedereen hoort er thuis.'

Geordie en ik zaten op een rotsblok vlak bij hem. We rookten, keken elkaar even aan en zeiden niets. Het enige dat je hoorde was het zingen van de vogels en de wind die in Braddocks Garden door de blaadjes ritselde, en ergens het gekrabbel van kleine diertjes. Ver weg dreunde het verkeer over de rondweg. Ik gooide nog meer takjes op het vuur. Stephens vingers glibberden over de klei. Hij keek steeds even naar me op, alsof hij me bestudeerde. In zijn handen vormde zich weer een prachtig beeldje.

'Het was winter toen ik erheen ging,' zei hij. 'Ik werd gehaald met een taxi. Er zaten nog drie jongens in, en een priester. Ik liet mijn ma en pa bij de voordeur achter. Ma huilde. Het leek niet ver weg. Nog geen uur rijden. Het was een heel oud gebouw. Allemaal kale bomen en lege weilanden eromheen. We gingen de hekken door en kwamen langs een vijver en een van die jongens zei dat we daar konden leren hoe we over het water moesten lopen, en die priester zei ja, dat klopte. Het was al donker toen hij met ons het gebouw in ging.'

Hij keek op. Hier werd het ook al donker. De hemel kleurde rood, en de rand van de steengroeve tekende zich donker en grillig af.

'Het stikte er van de jongens en de paters,' zei hij. 'Het stonk er naar pis en wierook en je hoorde jongens psalmen zingen.'

'Gaf het een vroom gevoel?' vroeg ik.

Hij wierp me een snelle blik toe.

'Nou en of, Davie. Het was er zo vroom als wat.'

'Moest je huilen?' vroeg Geordie.

'Hè?'

'Je eerste nacht daar, bedoel ik. Miste je je ouders niet, zeg maar?'
'Nee,' zei Stephen. 'De nieuwen janken en snotteren vaak, maar ik niet. Goed, misschien miste ik mijn ma en pa eerst wel. Maar ik was aan iets nieuws begonnen. Ik dacht dat er werk te doen was voor me, werk dat ik niet kon doen als ik bij ze bleef. Toen ik naar Bennett ging, was het alsof ik mijn ouwe leven achter me liet. Maar dat bleek niet zo te zijn.'
Geordie en ik staken maar weer eens een Capstan op.
'Hoe wist je het eigenlijk?' vroeg Geordie.
'Hoe wist ik wat?'
'Dat je priester wilde worden.'
Hij haalde zijn schouders op. Hij tuurde naar de hemel.
'Ik wist het toen de engel was gekomen,' zei hij.
'De engel?' zei Geordie. 'Welke engel?'
'Zeg ik straks wel,' zei Stephen. Toen boog hij zich naar Geordie toe. 'Trouwens, wat wil jij worden?'
'Ik?' zei Geordie. 'Weet ik veel. Voetballer! Newcastle kampioen!'
Stephen wendde zich naar mij.
'En jij?' vroeg hij.
Ik haalde mijn schouders op.
'Ook voetballer,' zei ik.
Hij schudde zijn hoofd alsof hij teleurgesteld was.
'Je liegt maar wat, hè Davie?'
'Wat?'
'Geeft niet. Doen we allemaal. Soms is het een leugen om bestwil. Ik voor mij heb altijd geweten dat ik iets bijzonders zou worden. Ik heb altijd geweten dat er iets op me lag te wachten.'
Hij zweeg even en keek me aan.
'Heb jij dat gevoel niet?' vroeg hij.
Ik schudde snel van nee.
'Nee?' zei hij. 'Denk je niet dat je een bepaald doel hebt in je leven?'
Weer schudde ik van nee.

Hij fronste zijn wenkbrauwen, alsof hij me niet geloofde.
'Hoe zat het nou met die engel?' vroeg Geordie.
'O ja,' zei Stephen. 'Ze sloeg me neer en hief me weer op en daarna was alles anders.'
Hij likte langs zijn lippen toen we ons naar hem toe bogen. Hij rolde klei tussen zijn vinger en duim en ik zag voor mijn ogen een arm verschijnen.
'Hoe bedoel je?' vroeg ik.

11

Stephen zweeg en haalde langzaam adem, alsof hij in zijn hoofd het verhaal voor zichzelf op een rijtje zette voor hij het aan ons vertelde. Zijn vingers werkten verder aan de klei. Hij sneed het gezicht met de punt van een mes. Onder het praten werd de figuur langzamerhand levensechter.

'Het was op een dinsdagochtend. Ik was op het strand van Whitley Bay. Ik was in mijn eentje, net als anders. Het was bloedheet. Het zag zwart van de mensen. Iedereen lag languit in de zon te bakken. Krijsende kinderen en blaffende honden plonsden in het water rond. Het rook naar patat en worst en koffie. Alles heel gewoon, doodgewoon. Ineens verstomden alle geluiden. Het werd doodstil, niets bewoog meer, alsof de tijd stil bleef staan. Toen kwam er een flits uit de hemel, en het was net of de bliksem dwars door me heen ging. Ineens kroop ik op handen en voeten in het zand. Ik was zo hulpeloos als een baby. Ik kreeg bijna geen adem meer. En daar was ze.'

'Tering,' zei Geordie.

'Ja,' zei Stephen. 'Ze was in de lucht boven de rotsen met enorme vleugels en een zwaard in haar hand en ze straalde aan alle kanten, zo fel als de zon, zo fel als vuur, en ik draaide mijn gezicht van haar af. "Stephen Rose!" schreeuwde ze. "Stephen Rose! Je kunt je niet verschuilen!" En het was net alsof haar stem overal was, om me heen en binnen in me. Ik kon niets beginnen. Ik moest me omdraaien. Ze daalde af, kwam naar me toe. Ze wees met het zwaard naar me. "Wie is je heer, Stephen Rose?" zei ze. "Geef antwoord! Je kunt je toch niet verschuilen. Wie is je heer?" En ik wist wat ik moest zeggen. "Mijn heer is God in de hemel," antwoordde ik. En weer werd alles doodstil, en zo zwart als de nacht, en ik dacht dat ik dood was gegaan, maar ineens stond de engel naast me en hielp me overeind, en het zwaard hing op eigen kracht in de lucht en wees naar ons. "Je hebt goed geantwoord," fluisterde ze. En ze pakte mijn handen, en haar eigen handen voelden heel zacht en heel sterk. En ze zei: "Met deze handen moet je goddelijk werk verrichten, Stephen Rose." En ik voelde dat er een nieuwe kracht in kwam. "Vergeet nooit dat je van stof en aarde bent," zei ze, "en vergeet nooit dat je ook heilig bent." En ze trok me overeind tot ik rechtop op het strand stond en de zee kwam weer in beweging en de mensen en de honden maakten weer lawaai. "Ik blijf over je waken, Stephen Rose," fluisterde ze, "vanaf nu tot het einde van je dagen. Vergeet nooit dat je je talenten goed moet gebruiken." En weg was ze.'

Ik keek naar Geordie. Geordie keek naar mij.

'Hebben anderen haar ook gezien?' fluisterde Geordie.

'Ik was de enige uitverkorene,' zei Stephen. 'De zonnebaders bleven bakken, de kinderen krijsten door, de honden blaften erop los, maar voor mij was in dat ene moment alles anders geworden.'

'Tering,' zei ik.

'Zeg dat,' zei Stephen. 'En sindsdien is ze nog een paar keer verschenen.'

'Tering,' zei Geordie.

'Geloof je me?' vroeg Stephen.

'Weet niet,' zei ik.

'Weet niet,' echode hij. Hij boog zich dicht naar me toe, keek me strak aan. 'Sommige mensen vinden het moeilijk om iets te geloven, Davie. Ze willen bewijzen zien. Stel dat de engel ook aan jou verscheen, Davie? Zou je me dan geloven? Of blijf je dan nog steeds "weet niet" zeggen? En stel nou eens dat je de kracht van God zelf hier in Felling aan het werk zag?'

Hij bekeek de voltooide apostel aandachtig.

'Je hoeft niet bang te zijn,' zei hij. 'Nog niet.'
Hij hield de apostel vlak voor mijn ogen en het gezichtje keek me recht aan. Hij lachte.
'Maar op een dag,' zei hij, 'zal ik je iets laten zien wat je de stuipen op het lijf jaagt. Dan twijfel je niet meer. Dan zeg je geen "weet niet" meer.' Hij dempte zijn stem en begon te fluisteren. 'Dan zul je doodsangsten uitstaan, Davie. Je ziel gaat eraan kapot.'
Hij lachte. Hij knipoogde naar Geordie.
'Geintje natuurlijk,' zei hij en hij ging verder met zijn verhaal. 'Niet lang nadat ik op het strand tegen de vlakte was gegaan en weer werd opgetild, kwam er op school een priester vragen wie van ons roeping had. Ik stond op. "Ik," zei ik. "Ik wil priester worden." En algauw mocht ik naar Bennett vertrekken.'
Hij legde de apostel midden in het vuur. Daaromheen hoopte hij de gloeiende sintels op. Hij legde er nog meer takjes bij om de vlammen te voeden. Ik keek toe hoe ze brandden.
Toen verstarden we. We hielden ons doodstil. In Braddocks Garden boven ons hoorden we voetstappen.
De silhouetten van twee jongens doemden op aan de rand van de steengroeve.
'Skinner,' fluisterde ik.
'Ja,' zei Geordie. 'En zo te zien ook Poke.'
'Maar goddank geen Mouldy.'
'Zijn dat vijanden van jullie?' vroeg Stephen.
'Ja,' zei Geordie.
We zagen de jongens boven ons in elkaar duiken. Ze tuurden naar beneden. We hoorden ze fluisteren. Ze scharrelden rond langs de rand van de steengroeve. We hoorden ze naar beneden komen, naar de ingang van de grot. Geordie en ik maakten ons zo klein mogelijk in de schaduwen onder de rots toen ze dichterbij slopen.
'Zie je nou?' fluisterde hij. 'Hadden we maar struikeldraad gespannen, dan lagen ze nu languit in die rotvijver.'

‘Straks springen we schreeuwend tevoorschijn,’ zei ik. ‘We jagen ze de stuipen op het lijf.’
We probeerden een giechelbui te onderdrukken. We wachtten af, maar Stephen was de eerste die in actie kwam. Hij glipte de grot uit en begon voorovergebogen bliksemsnel te rennen. Er was rumoer tussen de hoge meidoorns en de jongens uit Pelaw zetten het op een gillen. We hoorden hoe ze zich tussen de krakende takken door stortten. Toen kwam Skinners stem, jankend van angst.
‘Hij heeft me gestoken! Hij heeft me goddomme gestoken!’
Toen Poke, die vanaf de rand van de steengroeve naar beneden schreeuwde:
‘Wacht maar tot Mouldy dat hoort!’

12

Stephen kwam terug, veegde met gras het lemmet van zijn mes schoon. Wij huiverden. We waren met stomheid geslagen. Voetje voor voetje schuifelden we achteruit bij hem vandaan.
'Wat hébben jullie?' zei Stephen. 'Het is maar een schrammetje. Een kleine waarschuwing.'
Hij grinnikte naar ons.
'Ik dacht dat jullie de pest aan ze hadden. En wie is Mouldy?'
We konden hem alleen maar zwijgend aanstaren.
'Wie is Mouldy?' herhaalde hij.
Hij haalde zijn schouders op.
'Dan niet,' zei hij.
Hij knielde neer bij het vuur. Hij spuugde en zijn speeksel siste. Geordie vloekte binnensmonds, vond toen zijn stem terug.
'Mouldy,' zei hij, 'is Martin Mould. Dat is niets meer of minder dan de ergste klootzak in de wijde omgeving.'
'Klopt dat, Davie?' vroeg Stephen.
'Ja,' zei ik.
'En Mouldy,' zei Geordie, 'is de kameraad van die twee. Hij is spijkerhard. Zo groot als een reus. Een godvergeten monster is-ie. En nu gaat hij je doodmaken. En ons erbij.'
'Klopt dat, Davie?' vroeg Stephen weer.
'Ja.'
'Ach gottie,' zei hij. 'Wat heb ik gedaan?' Hij sperde zijn ogen wijd open en deed alsof hij het uitschreeuwde van angst. 'Een monster!' riep hij. 'Ik doe het in m'n broek!'
'Stomme kloot,' mompelde Geordie.
Stephen zat met een gloeiend gezicht bij het vuur geknield. De

vlammetjes om de apostel flakkerden in de schemering. Stephen porde erin met een stok. Hij krabde de sintels weg van het beeldje.
'Ga mee,' fluisterde ik tegen Geordie. Maar ik keek omlaag en werd afgeleid door het gezicht dat terugkeek uit het vuur.
'Ben je zover, aposteltje?' zei Stephen. Hij duwde ertegen met zijn stok. 'Ben je zover dat je ons kunt komen redden?'
Hij kwam overeind; zijn hoofd tekende zich af tegen de maan. Hij spreidde zijn armen. Hij hield de stok hoog boven zijn hoofd. Toen liet hij hem snel zakken en wees naar het vuur.
'Sta op,' zei hij. 'Sta op, apostel. Bewandel de aarde. Red ons van onze kwelgeesten. Ik beveel het je. Loop!'
Geordie en ik weken steeds verder achteruit. Stephen lachte.
'Nee,' zei hij. 'Hij is nog niet klaar. Moet nog even verder bakken.'
Hij duwde de gloeiende sintels terug. Hij gooide nog meer takken op het vuur en lachte.
'Let niet op mij,' zei hij. 'Ik ben maar wat aan het dollen. Dus die Martin Mould is een monster, hè?'
We zwegen.
'En jullie zijn bang voor hem en hebben de pest aan hem?'
We zwegen. Stephen glimlachte in de duisternis en de gloed van het vuur.
'Weet je,' zei hij, 'de wereld zou veel beter af zijn zonder monsters als Mouldy. Vind je ook niet?'
We zwegen.
'Ja toch?' zei hij.
'Ja,' zei Geordie.
Stephen richtte zijn ogen op mij.
'Ja toch, Davie?'
Ik aarzelde even terwijl hij naar me keek. Toen haalde ik mijn schouders op en knikte.
'Ja.'

En we hoorden een echoënde stem onze kant uit komen, een ijle, haperende, onzekere stem.
'Stephen! Stephen Rose! Waar ben je, Stephen Rose?'
'Dat is Crazy,' zei ik.
'Het geschifte wijf,' zei Stephen. 'Ik ga maar, anders sturen ze me weg. En daar zit ik niet op te wachten, hè?' Hij keek me recht in de ogen. 'Niet zolang hier nog zoveel te doen is.'
Toen glipte hij weg.
'Hij is zelf geschift,' zei Geordie. 'We moeten Mouldy laten weten dat hij niets met ons te maken heeft.'
'Alsof dat Mouldy wat kan schelen,' zei ik.
Ik voelde Mouldy's handen om mijn nek, zijn legerkistje op mijn gezicht.
'We gaan,' zei ik, en we maakten dat we wegkwamen.

De volgende ochtend werd ik in alle vroegte wakker. Ik ging heel vroeg het huis uit. Ik ging de steengroeve in. Het had 's nachts gevroren. Er lag ijs langs de randen van de vijver. Ik kroop over het uitgedoofde vuur. Ik schoof de as en sintels weg. Daar lag hij, vuil, zwart van de as, keihard. Hij had nog een laatste spoortje warmte in zich, maar hij zou al snel steenkoud zijn. Ik maakte zijn gezicht schoon met spuug: een kalm, gewoon gezicht, een gezicht van iemand die in Felling kon wonen. Hij kon zomaar een voorbijganger zijn. Toen stond mijn hart stil. Het kleifiguurtje was ikzelf. Het was mijn gezicht dat in mijn handen naar me opkeek.
Ik rilde. Ik sloeg een kruisteken. Ik deed mijn ogen dicht.
'Verlos ons van het kwade,' bad ik.

TWEE

13

'Wie van de twee is het?' vroeg pa. 'Die linkse of die rechtse? Die meid die steeds naar binnen kijkt of die andere die juist niet kijkt? De meid die...'
Ik zuchtte. We zaten aan tafel, aten brood met ei en dronken thee. De meiden waren al minstens zes keer langsgelopen. Frances keek steeds naar binnen en deed alsof ze niet keek. Maria deed alsof er hoog in de lucht iets heel boeiends was te zien. Ze liepen gearmd. Ze giechelden en grinnikten.
'De bruine of de blonde?' zei pa.
'Frances of Maria?' vroeg ma.
Pa lachte.
'En wie van de twee heeft een oogje op Geordie?'
Weer kwamen ze langs. Pa zat me maar aan te stoten en uit te horen. Ik at door, dronk thee en deed alsof ze lucht voor me waren. Toen verdwenen ze.
'Je laat je kans lopen,' zei pa.
'Doet me niks,' zei ik.
'O nee?' zei hij.
'Nou, wat ik er zo van hoor zijn het allebei leuke meiden,' zei ma.
Pa lachte. 'Je moeder ziet en weet alles,' zei hij.
Ze legde nog een boterham op mijn bord.
'Maar ga niet achter ze aan zitten, hoor je,' zei ze. 'Daar is nog tijd genoeg voor. Ga liever voetballen of zo met Geordie.'
Toen ik buiten kwam, waren ze aan het einde van de straat, in de doorgang tussen de huizen. Ik ging langzamer lopen toen ik vlak bij ze was. We deden allemaal alsof we onzichtbaar waren, maar toen ik voorbijliep, zei Frances:

‘Tong verloren?’
‘Nee,’ zei ik.
‘Nou, toe dan,’ zei ze.
‘Wat, toe dan?’
‘Zeg wat.’
‘Hoi,’ zei ik.
‘Hoi,’ zei ze. ‘En Maria dan?’
Ik probeerde mijn hart en ademhaling kalm te krijgen.
‘Hoi,’ zei ik.
Maria beet op haar lip en bloosde. Ze keek me aan van opzij.
‘Hoi,’ zei ze.
We keken elkaar even in de ogen, keken meteen weer de andere kant uit. Maria liep weg. Frances lachte en zei: ‘Nou, het begin is er,’ en ging achter Maria aan, en ik nam een andere doorgang om bij Geordie te komen.
Hij was in zijn achtertuin. De oude deur waarop hij oefende met messen werpen stond als altijd tegen de heg aan. Er was de omtrek van een lichaam op geschilderd. Hij stond als altijd met zijn mes te gooien, probeerde het lijf rakelings te missen. Er zaten honderden gaten en krassen op het lijf en het hoofd waar hij en zijn vader door de jaren heen hadden misgegooid. Hij gaf het mes aan mij toen ik bij hem stond.
‘Toe maar,’ zei hij. ‘Ga jij maar, Davie. Ik bak er vandaag niks van.’
Ik pakte het mes aan. Ik mikte op de rand van de deur. Ik wierp. Het mes glinsterde in de zon, boorde zich toen midden in de plek waar het hart moest zitten.
‘Tering,’ zei ik.
‘In de roos!’ brulde Geordies vader vanuit het huis. ‘Die knul moet bij het circus!’
Ik liet me op het gras vallen.
‘Wat moeten we nou?’ zei ik. ‘Mouldy gaat natuurlijk wraak nemen.’

'God mag het weten,' zei Geordie. 'Ik heb vannacht van hem gedroomd.'
'Echt?'
'Ja. Hij sneed ons aan stukken en kookte ons in een grote kookpot op de bodem van de steengroeve.'
'Serieus?'
'Serieus. Hij legde ons op geroosterd brood en vrat ons op met bruine saus.'
'Tering.'
'En een grote fles prik erbij.'
We wisten dat daar niets grappigs aan was maar schoten onwillekeurig in de lach.
'Misschien moeten we het tegen onze vaders zeggen,' zei ik.
'Mijn pa zou zeggen: jullie hebben je die ruzie zelf op de hals gehaald.'
'Ja. Maar als er messen aan te pas komen, Geordie...'
'Het mes van die gek Stephen Rose. Niet van ons.'
'Weet ik.'
'We moeten het zelf oplossen. We moeten krijgsraad houden.'
'Met Mouldy?'
'Ja. Met hem en zijn bende. We vertellen ze gewoon alles wat we weten van Stephen Rose. We zweren dat het nooit meer zal gebeuren.'
'Tering. Mouldy kan amper praten, man.'
'Zo stom kan-ie niet zijn.'
'O nee? Weet je nog dat verhaal dat hij een keer ratten de strot af heeft gebeten?'
'Ja. Weet ik nog. En dat-ie een andere keer een jongen z'n oor heeft afgebeten.'
We zwegen een hele tijd terwijl we daaraan dachten.
'Geloof jij dat?' vroeg Geordie op het laatst.
'Ik wel,' zei ik.

'Ik ook.'
We zaten tegen de deur geleund. In het huis danste Geordies vader rond terwijl hij een lied brulde: 'The times they are a-changing!'
'Wat een teringherrie,' zei ik.
'Wil je naar de grot?' vroeg Geordie.
Ik schudde mijn hoofd.
'Ik ook niet,' zei Geordie.
We konden niets anders bedenken om te doen. Ik deed mijn ogen dicht en liet de zon op mijn gezicht schijnen. Het gras was warm aan mijn vingers. Ik luisterde naar de vogels. Ik bedacht dat het algauw weer lente werd. Ik voelde dat ik wegzweefde, begon over de apostel in het vuur te dromen. Hij kwam overeind, rekte zich uit en liep weg bij de as. Pasgeboren kikkertjes uit de vijver verzamelden zich om zijn voeten. Een ringslang uit het gras kronkelde zich naast hem in elkaar op een steen. De sperwer cirkelde hoog in de lucht. Stephen kwam eraan, kruipend onder de meidoorn. 'Waar ben je?' fluisterde hij. 'Ben je zover?' Hij kroop dichterbij. 'Waar ben je? Ben je zover, Davie?'
Ik schudde mezelf wakker. Geordies zus Noreen stond tegen de post van de achterdeur geleund, lachend. Ze kneep haar ogen tot spleetjes. Ze tikte tegen haar wang.
'Wat hebben jullie twee uitgespookt?' vroeg ze.
'Niks wat jou aangaat,' zei Geordie.
Ze schudde haar hoofd en lachte.
'Wat een snotneuzen zijn jullie nog, hè?' zei ze. 'Kleine rot...'
Geordie stak zijn middelvinger op.
'Sodemieter op!' zei hij zacht en dreigend.
Ze lachte er alleen maar om. Ze streek haar vingers door haar haar en ging heupwiegend naar binnen.
'Meiden!' zei Geordie.
'Er is een meid die zegt dat ze op me is,' zei ik.
'Nee hè?' zei Geordie.

'Jawel.'
Hij staarde me aan, ging toen weer in het gras liggen.
'Dat ontbrak er nog maar aan.'

14

Er stond een enorme maan midden in mijn slaapkamerraam. Hij was zo rond als een hostie. Ik lag in het licht. Ik staarde naar de vlekken op het maanoppervlak. Ik kon de kraters onderscheiden, de zeeën zonder water. Ik hoorde een stem.

'Davie! Davie!'

Hoorde ik spoken?

'Davie! Davie!'

Gekletter tegen mijn raam, als van kleine steentjes, kiezels.

'Davie! Davie! Davie!'

Ik ging naar het raam, keek naar buiten en zag hem. Stephen Rose, met een gezicht als van was waarop het maanlicht weerkaatste. Hij stak zijn hand op. Hij wenkte. Ik rilde. Ik trok de gordijnen dicht. Ik ging weer naar bed.

Ik probeerde de slaap te vatten. Zijn stem ging nog een tijdje door, hield toen op, begon toen weer, maar deze keer leek hij veel dichterbij, in mijn kamer, als een echo die diep in mijn eigen hoofd galmde.

'Davie! Davie! Davie!'

Ik voelde Stephens vingers op mijn lijf, alsof hij me kneedde, alsof ik zijn klei was. Zijn vingers glibberden en gleden over me heen. Ik begon te woelen in mijn bed, om me van hem te bevrijden.

'Lig stil,' fluisterde hij. 'Ik maak iets moois van je, Davie.'

Ik legde mijn handen over mijn oren.

'Je bent van mij, Davie,' fluisterde hij.

Ik balde mijn vuisten, klemde mijn kiezen op elkaar.

'Nee,' zei ik. 'Nee!'

'Wie is je heer, Davie? Je kunt je niet verschuilen. Wie is je heer?'

'Blijf van me af! Laat me los!'
En daarna was er alleen nog stilte en roerloosheid om me heen en binnen in me.
De deur van mijn kamer ging open. Ma kwam binnen.
'Davie?' fluisterde ze. 'Alles goed met je, Davie?'
Ik draaide me naar haar om.
'Ja,' zei ik. 'Ja hoor, mam.'
'Naar gedroomd?' vroeg ze.
'Ja. Ja...'
Ze legde haar hand zacht op mijn voorhoofd. Haar vingers waren kalmerend.
'Ga maar weer slapen, Davie. Goed zo. Ga maar weer lekker slapen.'
En ze trok het gordijn nog strakker dicht, om de maan buiten te sluiten.

15

De volgende dag liepen we van school naar huis toen Geordie zag dat Mouldy The Swan uit kwam.
'Mouldy!' hijgde hij.
'Waar?'
'En hij heeft ons verdomme gezien!'
Mouldy begon onze richting uit te hollen. Geordie greep mijn arm en rukte me achter zich aan. Mouldy moest heuvelopwaarts rennen, maar toch haalde hij ons in. Ik waagde het om achterom te kijken en zag zijn enorme lijf, valse kop, maaiende armen, snelle donderende voeten.
'Heilige moeder Maria,' bad ik.
Hij kwam dichterbij, steeds dichterbij.
'O, tering,' hijgde ik.
Hij gromde, grauwde, sneerde. Ik kon de bierwalm op zijn adem ruiken. Ik verwachtte dat hij mijn benen onder mijn lijf vandaan zou schoppen. Ik verwachtte elk moment de eerste dreun van zijn vuist in mijn rug. Ik voelde zijn vingers naar me graaien. Ik nam een spurt, rende nog harder.
'Het huis van Crazy Mary,' zei Geordie, en we zwenkten razendsnel naar haar tuin. We renden naar de deur en bonkten. Er kwam niemand, maar Mouldy aarzelde bij het hek. Hij stond daar met een kwaaie, vuurrode kop, zijn ogen donker van woede. Hij stampvoette als een razend beest.
'We kennen de mensen hier,' zei Geordie. 'Ze sturen de politie op je af.'
Mouldy deed een stap dichterbij, heel langzaam. Hij likte langs zijn lippen en ontblootte zijn tanden. 'Niet doen, Mouldy,' zei ik. Ik

balde mijn vuisten. Ik keek naar de grond, zocht een kei, een steen, iets wat als wapen kon dienen. Toen kwam Crazy eraan en zette de deur op een kier. We wrongen ons naar binnen en sloegen de deur achter ons dicht. We drukten onze rug tegen de muur. De brievenbus klapte open. Mouldy gluurde naar binnen. Met uitpuilende ogen keek hij naar ons. Opeens merkte ik dat Stephen naast me stond.

'Dus dat daar is jullie monster?' zei hij.

'Ja,' zei ik.

Hij had een hoopje as in zijn hand. Hij gooide het in Mouldy's ogen.

'Loop naar de hel!' zei hij.

Mouldy gaf een schreeuw en de brievenbus klapte dicht. Hij beukte met vuisten en voeten tegen de deur.

Stephen lachte.

'Stomme heikneuter,' zei hij, en hij schreeuwde naar de deur: 'De politie komt eraan! Ze zijn onderweg! Ze kunnen zo hier zijn! Maak dat je wegkomt!'

Het gebeuk op de deur ging nog even door, nam toen af, en Mouldy had nog één ding te melden voor hij wegging.

'Jullie gaan er allemaal aan,' gromde hij door de deur. 'Jullie zijn dood.'

Crazy keek ons in verwarring aan.

'Maar we zijn toch niet dood,' zei ze.

Ze keek van de een naar de ander. 'Nee toch?' vroeg ze.

Ik schudde mijn hoofd. Nee.

Ik gluurde door de brievenbus. Stephen stond naast me en keek ook naar buiten. We zagen Mouldy terugsjokken naar The Swan.

'Ja, een griezel,' zei Stephen. 'Maar stom is-ie ook.'

Hij veegde de as van zijn handen. Mijn angst begon weg te ebben.

'Je ziet zulke duivels op straat, vandaag de dag,' zei Crazy Mary.

'Dat klopt, tante Mary,' zei Stephen.

'Maar jullie twee zijn brave misdienaars,' zei Crazy Mary.
'Dat zijn we zeker, mevrouw,' zei Geordie.
'Eet een boterham met jam mee,' zei Crazy.
Ik doopte mijn vingers in Crazy's wijwater en maakte een kruisteken. We gingen naar achteren in het huis. Crazy sneed hompen brood. Ze smeerde er een dikke laag rabarberjam op.
'Eet smakelijk,' zei ze. 'Dit is het dagelijks brood dat de goede God ons geeft.'
Geordie en ik wisselden een blik.
'Dat scheelde maar een haartje, hè?' zei hij.
We probeerden er allebei om te lachen, maar we wisten te goed dat we doodsbang waren geweest.
Ik propte het brood in mijn mond.
Stephen keek toe, doodkalm.
'Davie,' zei hij. 'Ik moet je iets laten zien.' Hij keek naar Geordie.
'Jou niet,' zei hij. 'Alleen Davie. Vind je het erg?'
Ik zag de achterdocht en woede in Geordies ogen.
'Ik heb goddomme net je leven gered,' zei Stephen. 'Ik wil graag dat jij hier blijft.'
Ze bleven elkaar even aanstaren. Toen haalde Geordie zijn schouders op.
'We zijn zo weer terug,' zei Stephen. 'Kom mee kijken, Davie.'
Ik aarzelde. Mijn hart sloeg nog steeds over.
'Kom op,' zei hij. 'Het is echt iets voor jou.' Hij liep naar de achterdeur en maakte hem open. 'Neem die boterham mee als je wilt. Ga mee, Davie.'

16

Kraaien vlogen op uit het gras toen hij voor me uit naar de schuur liep. Hij liet me binnen en deed de deur achter ons dicht.

'Vergeet buiten maar, Davie,' zei hij. 'Vergeet waar je bang voor bent.'

Binnen zag het bleek van de kleistof. Stof op het blad van de werkbank, op de donkere met creosoot behandelde houten wanden, op het raam. Een melkachtig licht viel over ons heen.

'Het is prachtspul,' zei hij, 'het spul dat ik uit je vijver haal. Soepel en glad, makkelijk kneedbaar, alsof het leven wil.'

Ik rilde bij het idee dat ik ooit nog naar de vijver zou gaan. Ik rilde bij het idee dat Mouldy me daar stond op te wachten in de schaduw van de rots.

'Je denkt nog steeds aan Mouldy, hè?' zei hij. 'Hier ben je veilig, man.' Hij lachte. 'Mouldy! Je zal maar zo heten, hè? Muf en verrot. Mouldy!' Hij likte langs zijn lippen en lachte. 'Mouldy. Als hij dood is, is hij pas echt muf en verrot.'

Er lag klei in glazen kommen met natte doeken eroverheen. Er stonden beeldjes die al af waren, beeldjes die half af waren. Stephen doopte zijn hand in een schaal troebel water en sprenkelde ze nat.

'Ze mogen niet te snel drogen,' zei hij. 'Ze mogen niet barsten en scheuren, hè?'

Grinnikend gooide hij ook water naar mij.

'Hou je gemak, man,' zei hij. 'Het is nu weer in orde.'

Sommige figuren waren nog bijna vormeloos. Klompen steen met stompjes in plaats van armen en benen, en schedels die er als een rotsblok bovenop wiebelden. Hij zag me kijken.

'Misschien heeft God eerst zulke dingen gemaakt,' zei hij. 'Voor hij ons bedacht. Probeersels. Bolle stomme klonten zonder ziel. Wat denk jij, Davie?'
'Weet niet,' zei ik.
'Weet niet,' echode hij. 'Misschien was er een tijd van beesten en monsters voor onze tijd aanbrak. Misschien lopen er nog wel van die gedrochten rond. Misschien zijn er dingen om ons heen die door de duivel werden geschapen, en niet door God. Zoals dat gedrocht dat door de deur naar je grauwde. Die Mouldy van jou.'
'Ja,' zei ik. 'Kan best. Ja.'
Hij sloeg me gade.
'Maar het kan ook,' zei hij, 'dat de tijd van beesten en monsters nog moet beginnen. Wat denk jij, Davie?'
Ik haalde mijn schouders op, schudde mijn hoofd. Ik zag een omgevallen, misvormd kruisbeeld in de klei liggen. Ik stak mijn hand uit en probeerde het overeind te zetten. Ik drukte het vast in een klontje zachte klei zodat het niet meer kon vallen.
'Heb je nog wel eens het idee dat je toch priester wilt worden?' vroeg ik.
'Nee. Dat is allemaal voorbij, Davie. Je kunt ook op andere manieren leven en de Heer dienen.'
Hij trok een kom naar zich toe. Hij haalde de natte doek weg. Hij brak een stuk klei af. Hij begon er een menselijke gedaante van te kneden. Hij hield even op.
'Dit wou ik gisteravond samen met jou doen,' zei hij. 'Je zag me wel, maar je kwam niet naar buiten.' Hij grinnikte. 'Waarom niet? Ben je bang in het donker?'
Ik trok een grimas, draaide me om en wilde weggaan.
'Doe niet zo stom,' zei ik.
'Nu ben je hierheen gejaagd door het gedrocht dat Mouldy heet,' zei hij. 'Het lijkt wel alsof-ie toch nog ergens goed voor is... Je mag het niemand vertellen.'

'Hè?'
'Je mag niemand vertellen wat hier gebeurt.'
Hij keek me aan en ik keek terug. Wat viel er te vertellen? Ik zag stofdeeltjes in het licht dansen, over ons neerdalen. Ik keek naar het figuurtje van klei dat vorm kreeg in zijn handen.
'Blijf nog even,' zei hij. 'Moet je zien.'
Het figuurtje was heel klein, teer, half gevormd, niet zoals de andere vormeloze zielloze klonten, maar als een baby, in ontwikkeling.
'Beweeg,' fluisterde hij het toe. 'Beweeg maar, kleintje.'
Hij zuchtte en lachte.
'Daar. Zag je het, Davie?'
'Wat moet ik zien?'
Hij ademde de woorden meer dan dat hij ze sprak.
'Beweeg maar. Leef, kleintje. Zie je het?'
Ik kwam dichterbij, tuurde. Er gebeurde niets.
Stephen hield het kindje in zijn ene hand en keek me strak aan. Hij liet zijn andere hand voor mijn ogen heen en weer gaan, een keer, twee keer, toen nog eens.
'Goed kijken,' fluisterde hij. Ik keek neer op zijn handen, naar de baby. 'Beweeg dan,' zei hij zacht. 'Leef!'
Hij zuchtte van plezier.
'Kijk, Davie,' zei hij. 'Heel goed kijken. Kijk met de ogen van je ziel, Davie. Als ik zeg dat je het ziet bewegen, zul je het ook echt zien bewegen.'
Hij hief het kindje naar me op. Weer liet hij zijn hand voor mijn ogen heen en weer gaan.
'Nu, Davie,' fluisterde hij. 'Nu zie je het bewegen.'
En ik zag het, en ik gaf bijna een schreeuw van schrik, maar die werd door hem gesmoord. Hij liet het kindje op de werkbank vallen en sloeg zijn hand voor mijn mond.
'Tegen niemand zeggen, Davie,' zei hij. 'Dat moet je beloven. Beloof het nu.'

Ik keek hem aan met uitpuilende ogen. Ik knikte. Ik stak mijn hand uit en raakte het kindje aan. Ik voelde koude harde klei, verder niets.
'Zie je nou wat wij kunnen?' fluisterde hij. 'Jij en ik, Davie? Vergeet je vrienden nou maar en...'
Toen klonken er buiten voetstappen, en hij ging snel een stap bij me vandaan.
'Denk eraan,' zei hij. 'Niks zeggen, tegen niemand! Geen woord!'

17

Er werd op de schuurdeur geklopt, en pastoor O'Mahoney kwam binnen. Hij torende boven ons uit in zijn zwarte pak met de witte boord om zijn hals. Zijn koperkleurige haar glom. Er hing een vleug wierooklucht om hem heen.
'Zo, jongens,' zei hij.
'Dag meneer pastoor,' zei ik.
'Ha, Davie. Je hebt dus nieuwe vrienden gemaakt, Stephen.'
Stephen glimlachte. 'Ja, meneer pastoor.'
'Mooi zo.'
De pastoor haalde zijn vinger door het stof op de werkbank. Hij zette het kruis recht. Hij tilde de baby op.
'We hebben een kunstenaar in ons midden gekregen, Davie. Heb je ooit zulke prachtige dingen gezien?'
'Nee, meneer pastoor.'
'Nee, hè. God is gul met zijn gaven aan sommige mensen. De hemel zij dank.' Hij sloeg een kruisteken. Hij liet zijn blik even op me rusten.
'Alles in orde, Davie?'
'Jawel, meneer pastoor. Ja hoor.'
'Zit je iets dwars?'
'Nee, meneer pastoor.'
Hij legde even zijn hand op mijn hoofd.
'God geeft sommige mensen een oprecht, eenvoudig hart,' zei hij. 'Begrijp je dat, Stephen?'
'Jazeker,' zei Stephen.
'Soms willen anderen daar gebruik van maken. Willen het uitbuiten.'

'Dat weet ik, meneer pastoor. Davie wordt vast een goeie vriend voor me.'
De pastoor vouwde zijn handen en knikte ons toe.
'Mooi zo,' zei hij. 'Dat hoopte ik al. We moeten voor elkaar zorgen in ons leven op aarde. Dat is het simpelste dat er bestaat, én het moeilijkst van alles.'
Hij tilde het geknielde figuurtje van een engel op. 'Kijk nou toch!' hijgde hij bewonderend. Hij klopte tegen zijn wang, diep in gedachten.
'Moet ik weggaan, meneer pastoor?' vroeg ik.
Hij lachte, alsof hij weer bij zijn positieven was gebracht.
'Ha! Nee hoor. Tenminste, niet als Stephen het goedvindt dat ik een persoonlijke kwestie bespreek waar jij bij bent.'
Stephen schudde zijn hoofd.
'Mooi zo. Hij moet weten hoe de vlag erbij hangt als hij een vriend van je wordt. Goed dan. Ik ben bij je moeder geweest, Stephen.'
Stephens gezicht betrok.
'O ja?' zei hij zacht.
'Zeker,' zei de pastoor. Hij keerde zich naar mij. 'Je moet weten dat de moeder van je kameraad erg ziek is, Davie. En je moet ook weten dat daar nogal over wordt geroddeld. Schenk er geen aandacht aan. Sommige mensen, zoals de moeder van Stephen, worden veel zwaarder op de proef gesteld dan anderen.'
'Hoe is het met haar?' fluisterde Stephen.
De pastoor zuchtte.
'Het gaat iets beter, geloof ik. We hebben samen gebeden. Ik heb haar de communie toegediend. We hebben een beetje over Whitley Bay gepraat, en over het strand daar. Ha! Ze vertelde over ijsjes en zakken patat en hoe ze ronddraaide op de draaimolen toen ze nog een klein meisje was. Het klonk zo leuk!'
'Heeft ze het over mij gehad?' zei Stephen.
'Tja, kijk.'

'Wel of niet?'
'Ze is erg verstrooid, Stephen. Ze slaapt veel. Ze is rustig. De medicijnen slaan aan.' Hij wilde zijn hand op Stephens schouder leggen, maar Stephen schudde hem af. 'En ze komt er weer bovenop, jongen. Misschien al snel. Ze meenden dat ze me die verzekering wel konden geven.'
Het werd weer stil. Stephen staarde uitdrukkingloos naar de grond. Er dwarrelde stof over hem heen. De pastoor stond dicht naast hem.
'We moeten maar bedenken, lijkt me zo,' zei hij, 'dat Onze-Lieve-Heer zelf zwaarder op de proef werd gesteld dan ieder ander.'
Hij keek omhoog naar het ruitje in het dak en schudde zijn hoofd. Hij mompelde een schietgebedje boven Stephens hoofd.
'Dit is allemaal strikt privé, Davie,' zei hij. ' Begrijp je dat?'
'Ja, meneer pastoor.'
'Mooi zo.' Hij wreef zich in de handen. 'En nu,' zei hij, 'heeft jouw lieve tante Mary vast de thee klaar, want ik geloof dat ze water opzette.'
Hij deed de deur open, zette een stap naar buiten, kwam toen weer terug.
'Aha!' zei hij. Hij knipoogde naar Stephen. 'Zou ik nog bijna vergeten. Ik heb iemand giechelend de naam van je nieuwe kameraad horen noemen, Stephen.'
Wij zeiden niets.
'Jaja. Een leuk meisje, dat... ach, nu ben ik even haar naam kwijt.' Hij knipoogde opnieuw. 'Binnenkort zitten ze allemaal achter hem aan. En ook achter jou, hè? Je zult het zien.'
Hij hief zijn hand.
'Maak je geen zorgen, Stephen,' zei hij. 'Je krijgt het hier goed. Een gewoon leven, met gewone, goede mensen om je heen...'
Hij bewoog zijn hand door de lucht, zegende ons en was weg.
'Stomme lul!' siste Stephen. 'Zo iemand wilden ze nu van ons

maken op Bennett.' Hij imiteerde spottend de stem van de pastoor. '"Je krijgt het hier goed. Een gewoon leven. Gewone mensen." Stom rund.'
Hij pakte de engel en smeet hem op de grond aan diggelen.
'Je kent hem niet,' zei ik. 'Hij...'
'Hij kan doodvallen!' zei hij. 'Hij kan doodvallen met zijn gewoonheid. Hij kan stikken!'
Zijn gezicht was vertrokken van woede. Er stonden tranen van woede in zijn ogen. Hij greep mijn arm toen ik me omdraaide.
'En mijn ma erbij,' zei hij. 'Als het aan haar had gelegen, was ik zelf allang dood geweest, verdomme.'
'Dat kan niet waar zijn.'
'O nee? Hoe weet jij dat?'
Hij begon te huilen.
'Je houdt je kop!' zei hij. 'Zeg het tegen niemand. Niemand!'
Hij pakte de baby weer op. Hij keek er woedend naar.
'Leef!' snauwde hij. 'Leef, stom ding. Leef!'
Het figuurtje spartelde in de kom van zijn handen. Ik sloot mijn ogen, deed ze weer open. Het lag weer stil. Hij kneep rafelige vleugeltjes aan het ruggetje. Hij kneep er een rafelige staart aan. Hij hield het aan zijn lippen, fluisterde ertegen.
'Iedereen kan doodvallen,' zei hij.
De vleugeltjes gingen langzaam open. Het figuurtje keek op. Het leek weg te willen vliegen. Toen smeet Stephen het naast de engel op de grond.
Ik pakte het op. Ik hield het vast, bekeek het goed en keek toen naar Stephen.
'Hoe doe je dat?' vroeg ik.
'Dat?' zei hij. 'Dat is niks. Een koud kunstje. Maar op een dag zal ik iets maken wat echt iets bijzonders is. Ik ga een echt monster maken. Ik maak een stom, bloeddorstig rotwezen zonder ziel. Dat zal dood en verderf zaaien, Davie. Geloof je me?'

Ik keek naar de engel op de grond, naar de duivel in mijn handen. Had ik echt gezien wat ik dacht gezien te hebben?
'Nee,' zei ik.
'Nee?' Hij lachte me uit. 'Na alles wat je net gezien hebt, zeg je nee?'
Ik knikte. Ik haalde mijn schouders op. Ik schudde mijn hoofd.
'Ja. Nee. Hoe moet ik dat weten?' Toen keek ik hem recht aan. Hij was ook maar een gewone jongen, net als wij. 'Nee,' zei ik. 'Ik geloof er niks van.'
Hij pakte me de duivel af. Hij hield hem vast alsof hij hem wilde bevelen weer te bewegen, maar vermorzelde hem toen tot een gewoon klompje klei.
'Oké dan,' zei hij. 'Dan twijfelen we maar, zeggen we nee, geloven we er niks van.'
'Oké,' zei ik.
Ik bleef naar hem staan kijken. Stofdeeltjes dansten tuimelend in het licht tussen ons in. Ik wist dat ik niet weg wilde. Ik wist dat ik het nog eens wilde zien – bewegende klei, levende klei.
'Waar wacht je op?' vroeg hij. 'Het is niet gebeurd. Je bent voor de gek gehouden. Dat kan niet anders.'
Ik ging het daglicht in, naar pastoor O'Mahoney en Crazy Mary die thee dronken en naar Geordie die bij hen zat en zijn fatsoen probeerde te houden. Hij schoot meteen overeind toen hij me zag. De pastoor stak zijn hand op, prevelde verder tegen Mary. Geordie en ik gingen de straten van Felling op. Geordie slaakte een zucht van opluchting die uit zijn tenen kwam.
'Ik ben hard aan een peuk toe,' zei hij.
We zakten neer op het bankje aan Watermill Lane, rookten Senior Service en tuurden naar The Swan verderop.
'En wat was er nou te zien in die schuur?' vroeg hij.
'Niks,' zei ik.
Hij keek me aan.
'Wat heb je?' vroeg hij.

'Niks,' zei ik.
Hij bleef me aanstaren.
'Niks, man!' zei ik.
Hij haalde zijn schouders op en rookte.
'Mij best,' zei hij.
Maar hij bleef me aanstaren.

18

De hele week kropen en jammerden er baby's van klei door mijn dromen. Kleine duivels met onvolgroeide vleugeltjes paradeerden kraaiend rond en vlogen op. Ik hield mezelf voor dat ik me had vergist. Dat kon niet anders. Stephen had het zelf gezegd: ik was voor de gek gehouden. Allemaal illusie. Gezichtsbedrog. Ik dacht erover na hoe God ons gemaakt had. Ik vroeg me af of kunstenaars net als God waren, of ze iets goddelijks in zich hadden. Ik piekerde over de vraag of alleen God de wereld leven in kon blazen, of alleen God leven kon scheppen. Steeds weer hoorde ik Stephens stem. *Beweeg. Leef.* En steeds weer zag ik voor me wat ik met eigen ogen had zien gebeuren.

Prat nam die week zakken klei mee naar de klas. Ik kneedde er met mijn handen een bal van. Het was koud, korrelig spul. Het wilde niet de mooie vormen aannemen die ik in mijn hoofd had. Tussen mijn vingers verscheen alleen stomme, stuntelige, hopeloze rommel. Ik keek naar Stephens prachtige apostelen die op een plank stonden. Ik zag Geordie snel armen en benen kleien, ogen op steeltjes maken, schubben en klauwen vormen. Ik zag hem een walgelijk gedrocht met veel ledematen kneden. Prat hield het omhoog om het aan de hele klas te laten zien. Wat een sterk, spannend werkstuk, zei hij. Een ding uit de diepste duisternis, een waarachtig monster. Hij lachte.

'Je zou natuurlijk ook kunnen zeggen,' voegde hij eraan toe, 'dat kunstenaars een uiterlijke vorm bedenken die hun eigen innerlijk verbeeldt.'

En hij hield het smoel van het gedrocht naast Geordies gezicht en schrok zich een ongeluk van de gelijkenis. Ik merkte dat Maria

naar me keek. Ze hield iets omhoog wat een paard moest worden en deed alsof ze het door de lucht liet draven. Ze lachte naar me. Ik stak mijn hand op.
'Meester,' zei ik.
'Ja Davie?'
Ik probeerde mijn vraag te formuleren.
'Denkt u,' zei ik, 'dat een kunstenaar een soort god is?'
'Aha!' Prat gooide zijn haar achterover. Hij plukte aan zijn sikje en dacht na. Opeens reikte hij naar een plank achter zich en haalde een stoffige bijbel tevoorschijn.
'En God de Heer vormde de mens uit stof, uit aarde,' las hij voor, 'en blies hem levensadem in de neus. Zo werd de mens een levend wezen.'
Hij sloeg het boek dicht. Hij liep voor de klas heen en weer met zijn hand aan zijn kin.
'In ieder geval doen we hem in zekere zin na,' zei hij.
Er zaten leerlingen met klei te gooien. Prat merkte het niet eens, of hij deed alsof, toen een stukje rakelings langs zijn hoofd vloog en tegen het bord kwakte.
'Maar is wat mensen kunnen maken te vergelijken met wat God heeft gemaakt?' zei hij. 'Die vraag is voor veel mensen het begin geweest van een pad dat steeds donkerder en dreigender werd. Wat zouden onze priesters antwoorden op zo'n vraag? Er is een tijd geweest waarin hun antwoord gepaard ging met kokende olie, duimschroeven en martelingen.' Hij keek met een lachje naar Geordies monster. 'Nee, Davie,' zei hij en hij richtte zich tot de hele klas. 'Ik denk dat een kunstenaar een gewoon mens is, met een uitzonderlijk talent dat hem misschien door God gegeven werd, maar toch: een mens.' Voorzichtig gaf hij Geordie zijn monster terug. 'Wij kunnen geen ziel scheppen, zoals God. Wij kunnen geen leven scheppen, zoals God. Maar wie zal zeggen waar de grens ligt van wat we allemaal kunnen bedenken?'

Geordie peuterde en trok aan de klei terwijl Prat doorwauwelde. Hij blies in de gruwelijke muil van zijn monster. Hij hield het gedrocht omhoog, liet het slingerende bewegingen maken en gromde:
'Ha, Davie. Ikke jou komen opvreten.'
Maria liet haar paard over haar tafelblad galopperen. Ze bleef lachend naar me kijken.
Toen Prat zijn mond hield, stootte Geordie me aan. Hij keek behoorlijk zelfvoldaan.
'Je raadt nooit wat ik heb gedaan,' zei hij.
'Klopt,' zei ik. 'Dat raad ik nooit.'
'Ik heb een vergadering met Mouldy geregeld,' zei hij.
'Dat meen je niet.'
'Echt. Ik kwam Skinner tegen. We hebben het geregeld. Dinsdagavond. Er komt een wapenstilstand.'
'Een vergadering? Met die...'
'Ik heb gezegd dat Stephen Rose getikt is. Ik zei dat z'n moeder in het gekkenhuis zit en zo. En dat-ie dan wel katholiek mag zijn en in Felling wonen, maar dat-ie geen moer met ons te maken heeft.'
'Heeft-ie geen moer met ons te maken?'
'Tuurlijk niet. Als meneer pastoor er niet was, zei ik, had ik hem zelf een pak op z'n donder gegeven.'
'Maar een afspraak met die klote...'
'Ja, maar Skinner zegt dat-ie eigenlijk best meevalt. Hij zegt dat-ie ook z'n goeie kanten heeft.'
Ik staarde hem aan. Hij grinnikte.
'Iedereen heeft wel goede kanten,' zei hij. 'Dat heb ik jou zelf ook horen zeggen.'
Ik kon geen woord uitbrengen.
'En hij heeft het zwaar gehad in zijn leven,' zei Geordie.
'Wie?'
'Mouldy natuurlijk, man.'

‘Goh, wat heb ik met hem te doen.’
Geordie lachte.
‘Ja,’ zei hij. ‘Die arme gekwelde ziel.’
Ik kreunde, en rommelde met mijn klei. Ik rolde het spul met mijn handen over het tafelblad en maakte een stomme slangenvorm. Ik dacht aan de baby die spartelend in Stephens handen had gelegen. Ik dacht eraan hoe hij de baby had ingefluisterd dat hij moest bewegen en leven.
Geordie hield zijn monster omhoog.
‘Ha, Davie,’ gromde hij. ‘Ikke honger hebben.’
Ik schudde mijn hoofd en zuchtte.
‘Jij niet bang zijn,’ gromde het monster. ‘Ikke jou beschermen tegen enge Mouldy. Ugh. Ugh.’
Prat spoorde ons aan.
‘Doorwerken, kunstenaars! Wie weet maken jullie nog verbluffende dingen!’

19

We dienden die zaterdag een trouwmis. Ene Vera uit Leam Lane, die nog maar een paar jaar terug van school was gegaan, trouwde met een mager ventje dat Billy White heette. Geordie dacht dat Vera wel zwanger moest zijn om met zo'n lelijk scharminkel te trouwen, maar haar buik was plat. Onder de mis onweerde het. Je zag alle tantes en buurvrouwen in de kerkbanken zorgelijk naar het dak kijken vanwege hun hoedjes. Maar tegen de tijd dat ze naar buiten gingen was de bui overgewaaid en werd het weer droog. Iedereen stond bij het standbeeld van Sint-Patrick, in zijn dierenvel, met zijn lange wilde haar en slangen die rond zijn voeten kronkelden. De mannen van de families schoven hun stropdas los, rookten, maakten grappen en lachten. De vrouwen bespraken elkaars hoedjes en gilden telkens van het lachen om iets lolligs. Kinderen renden de trappen van de kerk op en af. Pastoor O'Mahoney babbelde er glimlachend op los. Geordie en ik bestudeerden de gasten en vroegen ons af wie de fooi ging geven. Ook zag ik Maria, die met een verveeld gezicht bij de vrouwen stond. Toen riep Billy White ons. Hij zei dat Vera een foto wilde van henzelf met ons erbij in onze toog en superplie. Als herinnering, zei hij. Zodat ze niets van de grote dag ooit zouden vergeten. Hadden we even? We schokschouderden. Goed dan, zeiden we. Ik zei nog dat de camera van schrik kapot zou knallen als-ie Geordie zag. We gingen aan weerskanten van het bruidspaar staan. We vouwden onze handen en keken vroom naar de hemel. Er dreven grote wollige witte wolken door de kilblauwe lucht en ik had het gevoel dat ik zou omvallen toen ik ze met mijn ogen bleef volgen. Er kwam een klik en een flits en Billy schudde ons de hand. Hij zei dat Vera

en hij het een eer vonden als we een klein bewijs van dank wilden aannemen en hij gaf ons een tientje. Geordie propte het in zijn zak.
'Een tientje!' fluisterden we.
'Ik zei toch meteen dat Billy een goeie gozer was,' zei Geordie.
Toen werd er een foto gemaakt van het bruidspaar met pastoor O'Mahoney die zegenend zijn handen hief.
We wilden net de trap opgaan om in de kerk onze misdienaarskleren uit te doen toen Maria op ons af kwam.
'Wat ziet ze er mooi uit, hè?' zei ze.
Ik bleef op de tweede tree staan. Geordie liep door. Ik slikte. Ik keek langs Maria heen naar Vera.
'Ja nou,' zei ik.
'Ze is mijn nicht. Maar het is wel stom van haar, hè?'
'Wat?'
'Om op die leeftijd te trouwen. Ik moet er niet aan denken.'
'O nee?'
'Neu. Het idee dat je dan al aan een kerel vastzit. Ik wil de wijde wilde wereld in!'
Ik keek naar Billy die naast het standbeeld Vera stond te zoenen en te knuffelen. Maria grinnikte naar me. Ze haalde haar schouders op.
'Dat was het,' zei ze. 'Ik kwam alleen even gedag zeggen.'
'Dag,' zei ik. Ze had prachtige ogen, blauwer dan de hemel. 'Ik vond je paard mooi,' zei ik toen ze weg wilde lopen.
'Welk paard?'
'Dat je onder Prat z'n les hebt gemaakt.'
Ze zette haar handen op haar heupen.
'Dat paard, Davie, was een leeuw.'
Ze grinnikte. We keken van elkaar weg. De vrouwen met de hoeden stonden zich weer om iets te begillen.
'Ik ga niet naar de receptie,' zei ze.

‘O.’
‘’t Is toch niks anders dan broodjes ham en krijsende kinderen en kerels die achter het gebouw staan te kotsen.’
Ze keek naar de lucht.
‘Het is een mooie dag om een stukje te lopen,’ zei ze.
‘Vind je?’ zei ik.
‘Zin om mee te gaan?’
Ik kon zowat voelen dat Geordie me stilzwijgend dwong haar in de steek te laten. Ze keek omhoog naar hem, rolde met haar ogen, keek weer naar mij.
‘Ja?’ vroeg ze.
‘Oké.’
‘Dan wacht ik hier wel op je,’ zei ze.
‘Goed,’ zei ik.
Ik probeerde er kalm onder te blijven. Ik ging de trap op, en hoog boven het kerkdak leken de wolken op engelenvleugels.

20

'Je gaat *wat* met *wie* doen?' zei Geordie.
'Gewoon even lopen, Geordie, man.'
'Gewoon even lopen? En hoe zit het dan met wat wij zouden gaan doen?'
'Wat zouden we dan gaan doen?'
'Wat we altijd doen.'
'Wat is dat dan?'
'Weet ik het? Beetje aanklooien en zo.'
'Geordie, man. We zijn geen Siamese tweeling.'
'Nee, zeg dat wel.' Hij rukte zijn superplie af. 'Gewoon even lópen!'
We waren in de sacristie, de ruimte in de kerk waar we ons omkleedden. Het was er stampvol met van alles en nog wat: een enorm kruisbeeld, een kast voor de miswijn en hosties, zware laden- en hangkasten voor de priestergewaden, rekken met kaarsen, dozen wierook, stapels missalen, gezangenboeken, plaatjes van heiligen die kreupel waren of doorboord met pijlen, en portretten van dode priesters en bisschoppen. Het rooster voor de misdienaars hing aan de muur.
Ik trok mijn witte superplie over mijn hoofd. Ik maakte de knopen van mijn rode toog los en deed hem af.
'Ga anders ook mee,' zei ik.
'Ik ben daar gek. Om een beetje derde wiel aan de wagen te spelen zeker?'
Ik krabde aan de grasvlekken op mijn spijkerbroek en de opgedroogde modder aan mijn schoenen. Ik hing de toog en superplie op mijn eigen plek aan de stang van de misdienaars. Geordie ruimde ook zijn spullen op. Hij keek hardnekkig de andere kant op.

'Haar vriendin is er ook nog,' zei ik.
'Dat takkenwijf bedoel je?'
'Geordie, man.'
'Ik ga wel naar m'n maten van de Windhoek. Kunnen we misschien een paar lui uit Springwell in elkaar slaan.' Hij tuitte zijn lippen en zette een hoge meisjesstem op. 'Ga jij maar lekker een stukje lopen met je lekkere ding.' Hij liep de sacristie uit. 'Zolang je dinsdag maar geen stukje gaat lopen,' zei hij nog. En hij ging door de kerk naar buiten en de zware deur bonkte achter hem dicht.
Ik ging achter hem aan. Ik kwam pastoor O'Mahoney tegen, die net naar binnen wilde.
'Bedankt, Davie,' zei hij. 'Jij en je maat hebben het goed gedaan.' Hij knipoogde. 'Een tientje!' zei hij.
Ik ging de schemerige kerk uit, het stralende zonlicht in. Boven aan de trappen van de kerk bleef ik even staan aarzelen. Ik keek over Felling uit in de richting van de rivier. Het water schitterde in de zon. De rivier kronkelde in oostelijke richting naar de horizon, naar de roerloze vlakke zee.
Ik haalde diep adem om kalm te worden en liep naar Maria. We deden allebei verlegen en gingen een beetje stijfjes op pad. We zwaaiden niet met onze armen uit angst elkaar aan te raken. We wisten niet wat we moesten zeggen. We liepen Sunderland Road af en gingen het glooiende Holly Hill Park in. Het was er even netjes als altijd: de bloemen stonden in keurige rijen en borders, het gras was kort en de hagen waren geknipt, de struiken waren gesnoeid, de paden aangeharkt. We kwamen vlak langs het kegelveld. Tussen de hagen door zagen we mensen in smetteloos wit, zagen de volmaakte driehoek van het speelveld, hoorden de kegels tegen elkaar klikken, hoorden lachsalvo's en een explosie van applaus. Uit de struiken en bomen om ons heen kwam een orkaan van vogelgezang. De parkwachter zag ons. Zijn beugel klakte toen

hij op ons af kwam kreupelen. Hij zei niets, maar hij kneep zijn ogen tot spleetjes en stak een waarschuwende vinger op.
'Het is in orde,' zei ik tegen hem. 'We gaan geen rottigheid uithalen, meneer Pew.'
Hij liet ons een zwart notitieboekje zien en deed alsof hij erin schreef. Hij balde zijn vuist en schudde ermee naar ons. Toen draaide hij zich om en hompelde weg.
'Doet die man nooit z'n mond open?' vroeg Maria.
'Alleen als hij schreeuwt,' zei ik. En ik deed hem na: 'Ik zie jou wel, mannetje! Pak je biezen, lastpak!'
We liepen verder, het park uit en de heuvel op. We kwamen langs de Columba Club. Wazige mensen zaten achter het matglas te drinken. We moesten weer lachen om het paard dat een leeuw was. Ze zei dat ze soms meer om dieren gaf dan om mensen. Volwassen mensen dan.
'Ik wil niet volwassen worden,' zei ze. 'Tenminste niet zoals de meeste volwassenen hier. Snap je dat?'
Ik haalde mijn schouders op.
'Ze zijn afgestompt,' zei ze. 'Ze hebben zo'n zielig bekrompen leventje.'
'Ja,' zei ik.
'Vroeger wou ik non worden. Dat leek me een manier om bijzonder te zijn en hier weg te kunnen. Maar toen kwam ik erachter dat daar armoede, kuisheid, gehoorzaamheid en stilte bij horen en dat leek me nou ook weer niks voor mij.'
'Ik wilde monnik worden. Nadat die witte pater op school was geweest en ons van alles vertelde.'
'Die! Die was fantastisch!'
We liepen verder. Soms veegden onze handen even langs elkaar. We liepen Split Crow Road op in de richting van Watermill Lane, waar brede bermen waren en jonge bomen aan weerskanten van de weg. We kwamen om de haverklap buren en familieleden tegen.

Ze riepen naar ons. Wij zwaaiden en riepen terug. Ze stootten elkaar aan, grijnsden en lachten.
'Het stikt hier van de mensen,' zei Maria. 'Je kunt ook nooit ergens alleen zijn. Dag, tante Claire!' gilde ze toen een vrouw met een volle boodschappentas haastig langsliep.
We liepen verder.
'Jij kent die Stephen Rose toch, hè?' zei ze.
'Ja.'
'Hij is weggegaan, hè?'
'Ja.'
'Er wordt van alles over hem beweerd, hè? Is dat allemaal waar?'
'Weet niet.'
'Mensen kletsen maar raak, hè?'
'Ja,' zei ik.
'Is hij aardig?'
'Nee.'
'Is hij raar?'
'Ja.'
'Leuk raar of griezelig raar?'
Ik dacht erover na.
'Allebei,' zei ik.
We liepen verder. We kwamen in de buurt van Braddocks Garden. We keken naar Crazy Mary's huis aan de overkant. Ik liet mijn hand langs die van Maria glijden. Ik keek op naar de lucht. Al dat blauw. Al die duizelingwekkende witte wolken. Ik legde mijn hoofd in mijn nek en kneep mijn ogen halfdicht.
'Wat *doe* je?' vroeg Maria.
'Denk je ook wel eens dat wolken best engelen kunnen zijn?' vroeg ik.
'Je kunt van alles denken dat het iets anders is,' zei ze. 'Het is maar hoe je het bekijkt. Prat heeft wel gelijk met zijn praatjes. We kunnen eindeloos van alles en nog wat bedenken.'

We liepen verder. We kwamen bij het oude ijzeren hek. Het was roestig en verbogen. Het slot was al jaren geleden kapot gegaan. Maria kneep haar ogen tot spleetjes en staarde net als ik omhoog naar de lucht.
'Moet je zien hoeveel het er zijn!' zei ze ademloos.

21

'Hier kom jij altijd met Geordie Craggs,' zei ze. Ze lachte. 'Het is jullie geheime plek.'
'Hoe weet jij dat?'
Ze sperde haar ogen wijd open en wapperde met haar handen. 'Frances Malone en ik weten alles! Kom, we gaan naar binnen.'
Ik verroerde me niet. Na Stephen en het mes was ik er niet meer geweest. Maar nu hadden we een wapenstilstand, en bovendien was Maria al door het hek en op pad gegaan. Ze dook onder de meidoorn door, maakte haar haar los.
'Kom op, Davie,' zei ze.
Het was heel anders om er met een meisje te komen. Ik rook de verrotting en de pis en de uiachtige stank van het kreupelhout. Ik voelde de modder onder mijn voeten en de doorns van de wilde rozen en bramen aan mijn benen. Na de frisse bries op straat was het er warm en broeierig, alsof het hier al later in het jaar was. Trage bromvliegen zoemden om ons heen. Graffiti van jaren bedekte de wanden van de steengroeve. Ze zei dat haar vader hier vroeger aarde en narcissenbollen was komen halen. Net als alle andere vaders, zei ik. Misschien lag er in alle tuinen in Felling wel wat grond van hier, zei ik. Alles begon in blad te komen. De bloesem liep uit. Er stonden sleutelbloemen, uitgebloeide narcissen en nog veel mooiere bloemen die uit oude zaadjes van Braddock moesten zijn gegroeid. We kwamen bij de kleivijver, stonden aan de rand, keken om ons heen en ik begreep wat Maria bedoelde toen ze zei dat het er prachtig was.
'Er wordt gezegd dat ze de vijver gaan opvullen,' zei ze. 'Ze gaan het oude park met bulldozers omhalen, de laatste resten van het

huis afbreken, de steengroeve dichtgooien en een nieuwe woonwijk bouwen.'
'Heb ik ook gehoord,' zei ik.
'Ze zijn niet goed snik,' zei ze. 'Die nieuwe straten krijgen natuurlijk stomme namen als het Mooie Hofje of het Lieve Laantje en het kan niemand iets schelen dat ze daarvoor een stukje paradijs hebben verwoest.'
Ze keek naar de hemel.
'Hou ze tegen!' riep ze.
We liepen om de vijver heen. De bleke modder zompte onder onze voeten. Ze gleed uit en ik greep haar hand tot ze haar evenwicht terugvond. Buiten de grot smeulde het vuur. We liepen naar de ingang en ik hield mijn adem in bij wat we daar zagen.
Overal waren beeldjes van klei. Trollen zaten in de nissen van de rots. Er waren varkentjes en kleine draken. Er lagen bultige, onaffe figuren op de muren. Ze waren allemaal geblakerd, bedekt met as. Maria zakte op haar knieën en raakte een verwrongen mannetje aan.
'Hij bakt ze in het vuur,' zei ik.
'Wie?'
'Stephen Rose.'
Ik schopte tegen de kooltjes. Daar lag een omgekruld lijfje van klei.
'Ik heb zijn apostelen gezien,' zei ze. 'Die waren prachtig. Dit is allemaal lelijk spul, maar eigenlijk ook wel weer prachtig.'
Ik keek nog eens de grot rond. Geordie zou razend zijn. Mouldy, Skinner en Poke zouden alles domweg vernielen. Toen zag ik een met witte verf geschilderd bord op het dak van de grot. De stomme dreigementen van Mouldy's bende en van onszelf waren overgeschilderd. Er was nog maar één waarschuwing.
Als je wat kapot maakt, maak ik jou kapot. S.R.
'Het is echt een rare,' zei Maria.
'Hij heeft een raar leven gehad.'

'Goddank is zoiets ons bespaard gebleven,' zei ze, zoals iedereen in Felling maar al te vaak zei. Ze sloeg een kruisteken. We gingen dicht naast elkaar op een paar keien zitten. Ik pakte haar hand weer vast en ze trok hem niet weg. De steengroeve was vol geluid, vol geritsel, gezoem en het geruis van de wind. Sommige geluiden moesten wel van dieren in het kreupelhout komen. De vogels zongen. Vlak bij ons klonk gesnuif. Het kwam dichterbij, hield op, verdween weer.

'Geloof jij in krachten?' vroeg ik.

'Hoe bedoel je, krachten?'

'Gewoon. Krachten. Bijvoorbeeld de kracht waarmee je iets kunt wat niemand anders kan.'

'Toverij, bedoel je?'

'Zoiets. Geloof je dat iemand iets kan maken wat echt kan leven?'

Ze tuurde naar de hemel. Ze kneep haar ogen halfdicht.

'Vrouwen kunnen dat wel,' zei ze. 'Ze maken levende baby's die uit hun lijf komen en kunnen kruipen en huilen.'

'Ja, dat wel,' zei ik. 'Van vlees en bloed. Maar kun je iets maken wat niet van vlees en bloed is? Kun je iets maken van klei, en *dat* laten leven?'

We keken in het vuur. Tussen de smeulende resten was een heup te zien, een voet, de kromming van een elleboog.

'Ze zeggen dat er van alles mogelijk is op de wereld,' zei ze. 'Je hoort de gekste dingen.'

'Ja.'

'Zoals die baby.'

'Welke baby?'

'Die in het Koningin Elizabethziekenhuis is geboren. Hij had over zijn hele lijfje haar. Hij had dierenpoten in plaats van handen. Heb je dat niet gehoord?'

Ik schudde van nee.

'De moeder van Frances kent iemand die daar verpleegster is

geweest. Ze heeft het zelf gezien. Ze zei dat de baby voor de helft hond en voor de helft mens was.'
'Voor de helft hond?'
'Ja. Die baby heeft maar even geleefd en ging bijna meteen dood.'
'Hoe kan zoiets?'
We keken elkaar hoofdschuddend aan.
'Ze zeggen dat de moeder een meisje uit Stoneygate was,' fluisterde ze.
'Nee.'
'Echt. En ze zeggen dat het meisje daarna stapelkrankzinnig is geworden. En ze zeggen dat er nog veel gekkere dingen gebeuren. Dingen waarvan alleen de dokters weten. Mismaaktheid. Grillen van de natuur. Dingen waar geen verklaring voor is. Die onmogelijk lijken.'
Ze streelde de rug van haar handen, haar schouders, haar wangen.
'We mogen blij zijn dat we zijn zoals we zijn,' zei ze. 'Goddank is zoiets...'
'Ze zeggen dat we op een dag leven kunnen maken in reageerbuisjes,' zei ik. 'Dat we dan levende wezens kunnen maken met chemicaliën, elektriciteit en kernenergie.'
'Het probleem is alleen,' zei ze, 'dat we dan misschien niet weten waar we de grens moeten trekken.'
'En dan kunnen we monsters maken.'
'Ja. En misschien keren die monsters zich tegen ons, worden ze een gevaar voor ons en worden ze ons einde.'
Ik keek neer op het schepsel in de smeulende as.
'Dat is wat je eigenlijk vroeg aan Prat, hè?' vroeg ze.
'Ja.'
Ze boog zich voorover en draaide haar gezicht naar me toe om me recht aan te kijken.
'Vroeg je het soms omdat je zelf zo'n soort kracht hebt?' vroeg ze.
'Ik? Doe niet zo gek.'

Daarna bleven we stil. Het snuivende wezen ging verder bij ons vandaan. Een hond, dacht ik. Een egel. Maria hoorde het ook. Ze keek me aan.
'Een egel,' zei ik.
Ze knikte.
Honderden kikkervisjes zwommen in het bleke water. De meeste waren hun staartjes al kwijt en kregen pootjes. Maria roerde met een stok in het water en giechelde om het grillige gekrioel en gewurm van de zwerm kikkervisjes om de stok.
'Er liggen dode honden in,' zei ze.
'Heb ik ook gehoord. En dode katten.'
'En zakken met pasgeboren hondjes en poesjes.'
'Daar leven de kikkervisjes van.'
'En de vissen en de kevers ook.' Ze fluisterde: 'Dode dieren.'
'De dood.'
Ze roerde sneller en het water kolkte en spatte, en voor onze ogen zagen we een kikker omhoog komen uit de troebele diepte.
'O, kijk!' zei ze.
'We hebben hem opgeroepen,' zei ik.
'Dag kikkerprins,' zei ze.
Ze giechelde.
'Moet je zien,' zei ze. 'Wat een mal geval. En toch een doodgewone kikker! Zelfs doodgewone dingen kunnen abnormaal lijken, hè?'
Ik keek hoe hij naar de oever zwom en op een steen klom, waar hij glinsterde in het zonlicht.
'Ja,' zei ik. 'Hartstikke abnormaal.'
We zagen het kloppen van zijn keel, het kloppen van zijn hart. Hij zat daar zo vredig, zo lelijk, zo mooi, zo ongewoon.
'Kijk, domme dikkoppies!' zei ze. 'Daar is jullie grote papa.'
Toen kwam de ringslang tevoorschijn. Hij schoot de duisternis van het kreupelhout uit. Hij greep de kikker tussen zijn kaken. Hij beet,

vermorzelde en liet niet los. De kikker vocht en schopte maar kon niets beginnen. De slang slokte de kikker naar binnen, het kopje eerst. Het was in een mum van tijd voorbij. De slang klemde zijn kaken op elkaar. Van de kikker was niets anders over dan een grote bult in het slangenlijf. De slang bleef een tijdje roerloos liggen, gleed toen loom terug naar waar hij vandaan kwam.
'O,' hijgde Maria. 'O, grote God.'
We klemden elkaars hand stevig vast. We keken elkaar met grote ogen aan.
'Dat was...' zei ik.
'Ongelooflijk,' zei ze.
We huiverden. We keken naar de duistere begroeiing om ons heen, naar de donkere rand van de steengroeve, naar de stille roerloze beeldjes overal in de grot.
'Laten we weggaan,' fluisterde Maria.
Stilletjes liepen we om de vijver heen. Hoog boven ons kleurden de wolken rood. Ik tuurde. De engelen die je je daarboven kon voorstellen waren nu ijler en donkerder. We struikelden van de steengroeve terug naar de hekken. Achter ons hoorden we gesnuif. We keken om. Niets. We lachten. Maar we gingen sneller lopen. Het gesnuif kwam dichterbij. Kreupelhout kraakte toen het opzij werd gedrukt door iets wat zich er snel doorheen werkte. We lachten weer, maar we zetten het op een rennen, hand in hand. We doken onder de doorntakken van de bomen en hagen door. De doorns haakten in ons haar, in onze kleren. We wrongen ons door het hek naar Watermill Lane. Toen we weer in de wind op straat stonden, begonnen we te giechelen. We keken om. Er was niets te zien.
'We lijken wel gek,' zei Maria.
We zoenden. We hielden elkaar stevig vast en drukten onze lippen hard op elkaar. Ze kreunde toen we elkaar loslieten.
'Kijk daar.'

Ik draaide me om. Stephen stond naar ons te kijken bij de deur van Crazy Mary's huis.
'Griezelig raar,' fluisterde ze.
Hij kwam op ons af.
'Hoi, Davie,' zei hij.
Hij keek langs ons heen naar Braddocks Garden.
'Werden jullie achtervolgd?' vroeg hij. Hij sperde zijn ogen wijd open. 'Weg jij!' schreeuwde hij. 'Weg jij, zeg ik!'
We keken om, maar er was natuurlijk niets.
'Helemaal niks,' zei Stephen. Hij lachte. 'Je bent voor de gek gehouden.'
Toen keek hij naar Maria.
'Wie is dat?' vroeg hij.
'Ik heet Maria, als je het zo nodig moet weten,' zei Maria.
Ze draaide zich om en wilde weg. Hij greep mijn arm, hield me tegen en fluisterde me iets toe.
'Ik weet waar ik je voor nodig heb. Je hebt een taak, Davie.'
Ik probeerde me los te rukken.
'Laat die meid links liggen,' zei hij.
Hij liet zijn hand voor mijn ogen heen en weer gaan.
'Moet je zien!' zei hij.
Hij wees. Verderop in de straat zag ik Mouldy, die naar ons stond te kijken.
'Geeft niet,' zei Stephen. 'Hij komt niet. Niet nu.'
Opeens gaf hij me een kus op mijn wang.
'Wat moet dat?' zei ik.
Ik trok me los. Hij begon te lachen.
Ik moest rennen om Maria in te halen. Ze ging langzamer lopen. We keken om en zagen Stephen naar binnen gaan en de deur van Crazy Mary's huis achter zich dichtdoen. En we zagen Mouldy om de hoek verdwijnen.
'Eerder doodeng dan raar,' zei ze. Ze keek me onderzoekend aan.

‘Wat is er tussen jullie?’
‘Hoezo? Er is niks tussen ons.’
Ze keek nog eens om. Ze keek me weer aan.
‘Jongens zijn vreemde wezens,’ zei ze.
Ik probeerde haar blik te ontwijken. Ze zette grote ogen op.
‘Daar komt-ie!’ zei ze.
Met een ruk draaide ik me om. Er was niets te zien. We schoten in de lach.
Ik wilde haar weer zoenen, maar ze deed een stap achteruit.
‘Mafkees,’ zei ze. ‘We zijn allebei maf.’

22

We ontmoetten elkaar op neutraal terrein, in de schemering. We hadden afgesproken op het kerkhof van Heworth. We waren in het oudste gedeelte, met de eeuwenoude verweerde graven. Er stonden dunne, hoge bomen om ons heen. Het stikte van de zwarte vogelnesten tussen de takken. Ons graf was een tafelhoge, zwartgeworden tombe. Skinner en Poke stonden aan de ene kant, Geordie en ik aan de andere. Alle helderheid was uit de lucht getrokken; het blauw was overgegaan in grijs.
'Waar blijft hij?' vroeg Geordie.
Skinner haalde zijn schouders op.
'Vast nog in de kroeg. Zeven uur, hebben we gezegd. Dat is het nog maar net geweest.'
'En je weet zeker dat hij het eens is met de wapenstilstand?' vroeg Geordie.
'Hij zei van wel,' antwoordde Skinner. 'Wou je beweren dat je hem niet gelooft?'
Hij lachte, rolde zijn mouw op en liet zijn verwonding zien, een dun litteken op zijn onderarm.
'Ik ben getekend voor het leven,' zei hij.
Hij keek ons ijzig aan.
'Die maat van jullie is een maniak,' zei hij.
'Hij is geen maat van ons,' zei Geordie.
'Nee?' zei Skinner.
Hij was een klein, pezig joch met keiharde knokkels. Bij een van onze vechtpartijen had hij Geordie een kopstoot gegeven en Geordie had er nog altijd een litteken van op zijn neus. Maar hij was ook degene die Mouldy die keer van me af had getrokken. Hij was

degene die had geschreeuwd: 'Niet doen! Je vermoordt hem nog, man!' En hij had snel mijn keel en gezicht geïnspecteerd voor hij lachend wegrende.
We stonden te wachten. Ik liet mijn vingers langs de namen glijden van de mensen die onder ons begraven lagen. Er waren een heleboel Braddocks, allemaal al meer dan honderd jaar dood. De grafsteen meldde dat zij waren opgenomen in de hemelse glorie. Ik dacht eraan hoe ze waren weggerot, hoe vlees en bloed en botten eerst waren vergaan tot slijm en ten slotte weer aarde en stof werden. Zo langzamerhand kon er bijna geen verschil meer zijn tussen hun resten en de grond, de aarde, de klei. Ik keek in de richting van de plek waar we nog maar kort geleden die twee kerels hadden begraven. Hoe zagen die er nu uit? Hoe lang duurde het nog tot er van hen ook niets meer over was?
'Hij is vast de tijd vergeten,' hoorde ik mezelf zeggen. 'Misschien moesten we het maar opgeven.'
Poke grijnsde. 'Bang?' vroeg hij.
Ik schudde mijn hoofd. Maanden geleden had ik een keer met hem gevochten. We knokten tot we allebei uitgeput waren. Er was geen winnaar. Ik had nog dagenlang pijn gehad. Het duurde eeuwen voor de schrammen en blauwe plekken verdwenen waren. 'Waar is dat toch goed voor?' had ma gezegd toen ze zag hoe ik was toegetakeld. Maar pa zei dat het niets voorstelde. Het hoorde er nu eenmaal bij. Hij schudde zijn hoofd. 'Jongens, hè,' zei hij.
Het werd donkerder. We wachtten. Toen zei Skinner met gedempte stem:
'Daar!'
En tussen de grafstenen door kwam Mouldy aansjouwen.
'Mouldy!' riep Skinner. 'We zijn hier!'
Mouldy was bij de grafsteen.
'Hoi Mouldy,' zei Poke.
Mouldy keek even naar hem, trok zijn lip op. Hij veegde met zijn

vuist langs zijn gezicht, stak een sigaret op. Hij richtte zijn blik op mij. Zijn ogen stonden wezenloos, dood.
'Nou?' grauwde hij.
Niemand zei iets. Hij stompte met zijn vuist tegen de grafsteen.
'Nou?' zei hij.
'Die knul met het mes is geen maat van ons,' zei Geordie.
Mouldy likte aan een knokkel. Ik zag voor me hoe hij over vijf jaar zou zijn, lui, zwaar, log, met een bierbuik, een dronken lor die door iedereen werd genegeerd. Hij wees naar me.
'Hij is wel een maat van hem daar. Ik heb ze samen zien praten.'
'Jawel,' zei Geordie, 'maar...'
Mouldy bonkte nogmaals tegen de grafsteen.
'Bek dicht! Ik heb ze zelf gezien. Met hun stiekeme geflikflooi.'
'Geflikflooi?' zei Skinner.
'Ik zag die nieuwe gozer deze gozer zoenen.'
'Zoenen?' zei Skinner.
'Ja. Er was ook een mokkel bij. Die heeft het ook gezien.' Mouldy bleef al die tijd naar mij kijken. 'Zeg 'ns dat ik lieg,' zei hij.
Ik zei niets. Hij balde zijn vuist, deed of hij me aan wilde vliegen, grinnikte weer toen Poke zijn arm greep.
'Het is wapenstilstand, Mouldy,' zei Skinner.
'Met leugenaars sluit je geen wapenstilstand,' zei Mouldy. Weer balde hij zijn vuist. 'Jij bent een vuile roomse leugenaar uit Felling,' zei hij. Hij knipperde met zijn ogen. Hij keek ons een voor een aan. 'Of vindt er soms iemand van niet?'
Niemand zei iets. De hemel hoog boven ons, hoog boven de bomen en de kerk, raakte doortrokken van een rode gloed.
'Goed,' zei Mouldy. 'Dan neem ik nu die schofterige leugenaar te grazen.'
'Niet doen,' zei ik zacht.
Ik liep achteruit van het graf weg.
'Geordie,' zei ik.

‘Het is wapenstilstand,’ zei Geordie, maar Mouldy spuugde naar hem, een dikke fluim recht in zijn gezicht.
Ik rende weg. Mouldy kwam me achterna. Hij schopte mijn benen onder mijn lijf vandaan. Ik sloeg tegen de grond. Hij stampte op mijn hoofd, ribben en rug. Alles werd zwart en ik zag sterretjes tot de anderen hem van me af sleurden. Ik rolde me op tegen een grafsteen. *In de ogen der engelen zijn allen gelijk*, las ik.
‘Rennen, Davie!’ riep Geordie.
‘Rennen!’ schreeuwde Skinner.
En ik hees me overeind en zette het op een lopen, het kerkhof over en Watermill Lane op, en ik bleef rennen tot ik een donkere gestalte zag staan wachten. Stephen Rose, leunend tegen een boom. Ik hield mijn vaart in, bleef staan.
‘Davie,’ zei hij.
Ik keek achterom. Niemand.
‘Oké, Davie. Er is niks aan de hand.’
Zijn stem werd zachter.
‘Kalm maar, Davie.’

23

Nog geen honderd meter verderop was mijn huis. Achter de ramen brandde licht. Ik wilde dat pa naar buiten kwam, of ma. Ik wilde dat ze over straat zouden schreeuwen en maken dat Stephen op een holletje teruggging naar Crazy Mary's huis. Maar ze kwamen niet. Niets bewoog. De duisternis werd dieper. Stephen fluisterde zijn kalmerende woorden. Hij liet zijn hand voor mijn ogen heen en weer gaan. En ik werd kalm. En ik dacht aan de engel die Stephen tegen de grond had gegooid en weer had opgetild, en ik dacht aan de kracht die ik uit hem had zien stromen en ik hield me voor dat Stephen Rose een vreemde nieuwigheid was, iets wat op mijn pad was gestuurd, iets waarmee ik in aanraking moest komen bij mijn groei van jongen tot man. Ik kon me niet afkeren. Daarom zei ik tegen hem:

'Wat wil je van me, Stephen?'

Hij haalde zijn schouders op.

'Gewoon even praten.'

Ik keek naar het medaillon van het Heilig Hart in onze voordeur. *Verlos mij van het kwade*, zei ik vanbinnen.

Hij raakte de striem op mijn wang aan.

'Mouldy?' vroeg hij.

'Ja.'

'Was-ie maar dood, hè?'

Ik gaf geen antwoord. Hij lachte zacht.

'Zo is dat,' zei hij. 'Dat vindt iedereen. Denk je eens in. Geen Mouldy. Geen monster.'

'Hij zal gauw genoeg een waardeloos vod zijn,' zei ik. 'Tot die tijd moeten we hem gewoon uit de weg gaan.'

Hij lachte.
'Dat lukt je anders niet best.'
Ik lachte met hem mee.
'Stel je eens voor dat het waar was, Davie. Stel je voor dat je na een nacht slapen op een goeie dag wakker wordt en je ma zegt tegen je: "Weet je al dat Martin Mould dood is?"'
Hij grijnsde.
'Dat zou me een feest zijn, hè? Martin Mould dood! Nou, geef het maar toe. Ja?'
Ik haalde mijn schouders op.
'Ja,' zei ik.
'Goed. Nou, moet je luisteren. Mijn engel was er weer.'
'Je engel?'
'Die waarover ik je vertelde. Dat weet je toch nog wel? Maar goed, ze had het over jou. Ze zei dat je me kunt helpen bij mijn werk.'
'Een *engel*? Stephen, man, dat is gewoon idioot.'
'Ja, weet ik. Het is idioot, gestoord, maar toch is het waar. En dat hoor je toch ook in de kerk? We zijn niet alleen. Er zijn altijd heilige wezens om ons heen. Waarom kijk je er dan van op?'
Ik keek langs de straatlantaarns omhoog naar de sterren.
'Toch is het bezopen,' zei ik.
'Ja,' zei hij. 'Maar misschien zijn de gekste dingen wel de waarste dingen.' Hij grinnikte terwijl ik over zijn woorden nadacht.
'Kijk,' zei hij. 'Dit is pas gek.'
Hij stak zijn hand uit naar de grasberm langs de stoep. Hij scheurde de plag open en graaide een handvol aarde. Hij spuugde op de modder. Hij spuugde nog eens. Hij hield het me voor in de bleke lichtbundel van een straatlantaarn.
'Jij ook,' zei hij tegen me. 'Spuug in mijn hand. Dan zit er ook iets van jou in. Doe het, man.'
Ik spuugde op de modder. Hij begon te kneden. Hij spuugde nog eens, zei dat ik het ook nog eens moest doen. Weer spuugde ik.

De kluit aarde was vochtig en kneedbaar. Hij rolde hem door zijn handpalm: een dik, glibberig ding, als een grote naaktslak. Hij bracht hem naar zijn lippen.
'Beweeg,' fluisterde hij. 'Leef.'
Hij hield het ding in zijn open hand.
'Zeg het, Davie,' fluisterde hij. Hij sloeg zijn ogen naar me op. 'Je moet,' zei hij. 'Vooruit. Zeg dat-ie moet bewegen. Zeg dat-ie moet leven.'
Ik voelde me zo stom. Ik kon geen woord uitbrengen, maar toen vond ik mijn tong terug.
'Beweeg... Leef... Beweeg... Leef...'
'Strenger, Davie,' zei Stephen. 'Je moet commanderen.'
Hij liet zijn hand voor mijn ogen heen en weer gaan.
Ik zei opnieuw: 'Beweeg. Leef.'
En het ding bewoog. In het zilverbleke licht kronkelde het in Stephens hand. Het kronkelde alsof er leven in zat, alsof er een geest in zat.
'Zie je?' fluisterde hij, terwijl we verwonderd toekeken. 'Je hebt de kracht in je, Davie, net als ik.'
En we keken nog even naar het kronkelende ding tot hij het weer op de grond liet vallen. Hij veegde de modder van zijn handen.
'Echt gek,' zei hij. 'En toch echt waar. Niet dan? Geloof je het?'
Ik schudde mijn hoofd. Hoe kon ik er *niet* in geloven?
'Ja,' zei ik. 'Maar hoe kunnen we dat?'
'Dit was nog maar een simpel kunstje. We kunnen samen veel meer. Veel meer echte en gekkere dingen. Dat bedoelde de engel dus ook.'
'Wat zei ze dan?'
'Ze zei dat mijn kracht en jouw kracht niet genoeg zijn. Ze zei dat we ook de kracht van God nodig hadden om ons te helpen.'
Ik keek hem recht aan.
'De kracht van God?' zei ik. 'Hoe komen we daar in jezusnaam aan?'

'Daar kun jij voor zorgen, Davie. Jij pakt het lichaam en bloed van Christus en neemt ze mee hierheen. Dat is jouw taak.'
Hij glimlachte.
'Jij bent de brave misdienaar, Davie. Jij moet het lichaam en het bloed van Christus stelen.'
'En *dat* zou een engel jou gezegd hebben?'
Hij haalde zijn schouders op. Hij keek me doodbedaard aan, alsof hij me uitdaagde hem te geloven.
'Ja,' zei hij. 'Dat zei de engel. Engelen doen raadselachtige dingen, Davie.'
'En wat zouden we daar dan aan hebben?'
'Het zou ons helpen iets te maken...'
'Wat?'
Hij tuurde naar de hemel, waar steeds meer sterren verschenen.
'Een wezen, Davie. Een schepsel dat rechtop staat en naast ons loopt en ons beschermt.' Hij lachte. 'Een monster!' Hij hijgde de woorden in mijn oor. 'Een gruwelijk monster. Om Mouldy en hufters als Mouldy de stuipen op het lijf te jagen. Een monster dat zelfs voor ons zou doden, als wij dat van hem vragen.'
Ik keek naar mijn huis.
Kom naar buiten, zei ik in mezelf. Red me hieruit.
'Wanneer moet je weer de mis dienen?' vroeg Stephen.
Ik doorzocht mijn geheugen.
'Zondag,' zei ik.
'Dan moet je het zondag doen.'
Hij stopte me iets in handen wat koud aanvoelde, als van metaal.
'Doe het hierin,' zei hij, 'en pas er goed op.'
Het was een klein, rond, zilveren medaillon.
'Doe je het?' vroeg hij.
Hij tuurde naar de hemel.
'Ze zijn er,' zei hij. 'De heilige wezens kijken op ons neer. Misschien

laten ze zich op een goeie dag nog wel aan je zien ook, Davie. Doe je het?'

Ik lachte. Ik lachte hem uit, lachte mezelf uit, lachte om die dromen van monsters en engelen en de waanbeelden van bewegende klei. Het was allemaal even stom. Idioot.

'Doe je het, Davie?' zei hij weer.

'Waarom ook niet? Ja.'

'Mooi,' zei hij. 'Ze zullen heel blij met je zijn.'

Toen hoorde ik de stem van ma.

'Davie?'

Ze kwam de voordeur uit. Ze stond bij ons tuinhek. Ze kwam over de stoep naar me toe.

'Davie? Wat doe je daar, Davie?'

Ik wreef in mijn ogen.

'Ik praatte met Stephen,' zei ik.

'Stephen?'

'Stephen Rose.' Ik keek rond. Stephen was weg. 'Ik stond met hem te praten.'

'Wanneer dan, Davie? Er is niemand.'

Weer keek ik om me heen.

'Davie! Wat heb je, jongen?'

'Niks,' zei ik.

'Er is verder niemand,' zei ze. 'Ik heb niemand gezien.'

24

Eenmaal binnenshuis raakte ze de wond op mijn wang aan.
'Wat heb je daar?'
Ik keek naar de grond.
'Je hebt weer gevochten!' zei ze.
Ik wilde nee schudden.
'Wéér gevochten,' zei ze.
Ze keek me strak aan.
'Daar komen nog eens grote ongelukken van,' zei ze.
Ze schudde me door elkaar.
'Word eens wakker, wil je?' Ze beet op haar lippen, keek onderzoekend naar mijn ogen. 'Wat is er toch gebeurd? Je slaapt half. Je bent doodsbang.'
'Niet waar.'
'Wél waar. En je staat op straat te praten met iemand die er niet is...'
'Hij was er wél.'
'Ik heb anders niemand gezien.'
'Hij moet zijn weggerend. Je bent hem net misgelopen.'
'En wie heeft je geslagen? En hoe hard?'
Ze was bijna in tranen.
'Niemand,' zei ik. 'Het is niks, mam.'
Ik probeerde me los te rukken, maar ze liet me niet gaan.
'*Niks*?'
'Nee, niks.'
Ze gaf me aspirientjes en een beker thee. Ze maakte een fles Lourdeswater open en bette mijn hoofd ermee.
'Ik ga met je naar de dokter,' zei ze.

'Néé.'
'Ben je duizelig? Voel je je ziek?'
'Nee!'
Ze bekeek me van top tot teen.
'Het moet afgelopen zijn,' zei ze.
'Het is ook afgelopen.'
'Wanneer dan?'
'Nu.'
'Beloof je dat? Op je erewoord?'
'Ja!'
Ze draaide zich om. Ik dronk mijn thee. Vlak daarna kwam pa thuis. Ze deed hem het hele verhaal.
'Wie heeft dat gedaan?' vroeg hij.
Hij wist dat ik het toch niet zou zeggen.
'Wie het ook was,' zei hij, 'het moet nu maar eens afgelopen zijn.'
Hij legde zijn arm om me heen. Hij draaide me van ma weg.
'Het moet afgelopen zijn. Zulke dingen kunnen escaleren, uit de hand lopen. Zo beginnen al die rotoorlogen ook, man...'
'Dat weet ik, pa.'
'Beloof me dat het afgelopen is.'
Ik zei niets.
'Beloof het, Davie.'
'Ik beloof het.'
Ze hielden me de hele avond in de gaten. Ma vroeg steeds weer: 'Ben je duizelig? Voel je je niet lekker?'
'Nee,' zei ik almaar. 'Néé.'
'Ik zorg dat het afgelopen is,' loog ik.
'Ik beloof het,' loog ik.

25

Die zondag jatte ik bij de mis het lichaam en bloed van Christus. Ik knielde naast de pastoor op het altaar. Hij hield het ronde communiebrood in zijn handen. Hij prevelde de magische woorden:
'Dit is mijn lichaam.'
Hij hield de kelk wijn omhoog en prevelde:
'Dit is mijn bloed.'
De parochianen bogen hun hoofd, deden hun ogen dicht, tikten tegen hun borst.
De hostie zag er nog steeds uit als brood. De wijn leek nog altijd wijn. Maar er was een wonder gebeurd. Ze waren veranderd in het lichaam en bloed van Christus. Christus zelf was bij ons op het altaar.
De pastoor at het lichaam en dronk het bloed.
Geordie en ik deden onze mond open en staken onze tong uit om onze eigen hostie te ontvangen.
Daarna stonden de parochianen op en kwamen naar voren. Maria kwam naar het altaar, en Frances, en mijn ouders, en Crazy Mary, en een heleboel andere familieleden, vrienden en buren. Ze vormden een rij door het gangpad. Ze knielden voor het altaar. Ze sloegen hun ogen neer, baden en wachtten. Ik pakte mijn zilveren schaaltje en ging naast pastoor O'Mahoney de altaartreden af naar hen toe. Ze deden hun ogen dicht, staken hun tong uit. De pastoor legde een hostie op iedere tong. 'Het lichaam van Christus,' prevelde hij. 'Amen,' zeiden ze.
Ik hield mijn schaaltje onder de gezichten om vallende kruimels op te vangen. Ze vielen als piepkleine stofjes. Ze dwarrelden in bundels zonlicht die door de hoge smalle kerkramen vielen. Ze

vielen op het glinsterende zilveren schaaltje. Er viel een kruimeltje toen pastoor O'Mahoney de hostie toediende aan Crazy Mary. Er viel wat van de lippen van Noreen Craggs. We gingen van het ene opgeheven gezicht naar het andere. De stemmen murmelden, de gezichten glommen, stof en kruimeltjes dwarrelden. Toen was het klaar en de laatste communicanten gingen terug naar hun banken.

Ik liep achter de pastoor de treden van het altaar op. Ik hield het schaaltje schuin en griste bliksemsnel een snufje korreltjes weg. Ik drukte ze tegen het reepje plakband in de zak van mijn toog. En nog wat kruimeltjes. Op het altaar gaf ik het schaaltje aan de pastoor. Hij liet zijn vinger rond het schaaltje gaan en slikte de restjes van Christus' lichaam door. Hij herhaalde dat tot het schaaltje leeg was. Toen nam hij de laatste slok wijn. Hij veegde de binnenkant van de kelk schoon met een smetteloze witte linnen doek en zette hem op het altaar.

Hij zei de slotgebeden van de mis. Hij zei tegen de parochianen dat ze konden gaan in vrede. Ze dankten God. De mis was voorbij.

26

In de sacristie drukte ik de met wijn bevlekte doek achterover terwijl pastoor O'Mahoney zijn misgewaden uittrok. Ik legde er een schone doek uit een la voor in de plaats. Pastoor O'Mahoney deed die in een mand met spullen voor de nonnen die de was deden. Ik propte de doek en het plakband in de zak van mijn spijkerbroek. Geordie zag het. Hij keek me aan. Ik keek dreigend terug.

De pastoor rekte zich uit en zuchtte.

'Wat een prachtige ochtend, jongens!' zei hij. 'Hebben jullie die schitterende lichtstralen door de kerk zien schijnen?'

'Ja, meneer pastoor,' zeiden we.

Hij nam een denkbeeldige golfclub in zijn handen. Hij deed alsof hij een bal wegsloeg.

'O, was ik maar in Kerry op een dag als vandaag!' zei hij.

Hij keek in de verte, maakte een breed armgebaar naar een weids, denkbeeldig landschap.

'De bergen, de stranden, de oceaan, Dingle en de Blasket-eilanden en de rotsen van Skellig, de schreeuw van de wulpen en het geluid van de branding... Je zou het moeten zien, jongens! Ierland! De bal vliegt daar kaarsrecht, en o zo zuiver, en het gras is echt groen en de bal valt in de hole met zo'n mooi geluidje... plop! Ierland is het land van God, niets meer of minder.'

Hij grinnikte.

'Maar genoeg daarover. De kleine baan bij de Windhoek is een waardige vervanging.' Hij wreef uitgelaten in zijn handen. 'Nou, laat eens horen welke kwajongensstreken jullie gaan uithalen vandaag?'

Geordie haalde zijn schouders op. Ik zei niets. Pastoor O'Mahoney grinnikte opnieuw.

'Worden jullie te groot om het mij aan mijn neus te hangen?' zei hij. Hij knipoogde. 'Vooral als er meisjes in het spel zijn.'
Hij legde zijn armen om onze schouders.
'Jullie zijn beste jongens. Altijd geweest ook. Ga maar gauw. Op naar jullie avonturen. En ik ga die clubs van me zoeken.'
Toen we vertrokken, riep hij ons na: 'Weet je, jongens, ik denk wel eens dat we nu al op de grens van het paradijs leven! Dag hoor!'
Buiten bij de kerk zei Geordie: 'Wat ga je met die lap doen?'
'Niks,' zei ik.
Ik wilde bij hem weg.
'Wat heb jij?' vroeg hij.
'Niks,' zei ik.
'Je gaat er telkens vandoor,' zei hij.
'Niet waar,' zei ik.
'Dat is wél waar, verdomme. Zeker weer naar die meid.'
'Doe niet zo stom.'
'Wie is er hier stom?'
'Niemand. Jij.'
'Klopt.'
'Hoe bedoel je, klopt? Klopt het dat je stom bent?'
'Dat moet wel, als ik met jou optrek.'
'Rot op dan.'
'Doe ik. En rot jij ook maar op.'
'Doe ik.'
En dus rotten we allebei op. Ik holde de hoofdstraat uit, het plein over. Daar bleef ik staan. Ik keek naar mezelf in het raam van café The Blue Bell. Dat was ik, een doorsnee jongen. Hier woonde ik, in een doorsnee stadje. Ik had het lichaam en bloed van Christus gestolen en was niet van plan ze terug te geven. Ik ging nog verder het duister in met Stephen Rose. Ik ging een monster maken als ik dat kon. Ik liep dichter naar het raam toe, bekeek mezelf aandachtig. Ik zag er gewoon uit, heel gewoon, niet anders dan anders.

'Voel je je zo als je gek wordt?' fluisterde ik. 'Voel je je zo als je betoverd bent?'
Toen rukte ik mezelf los van het beeld en rende verder.

27

Op mijn kamer bekeek ik het plakband. De kruimeltjes van Christus' lichaam zaten er nog aan. Ik vouwde het plakband op en stopte het in het medaillon. Ik knipte stukjes stof met wijn erop uit de altaardoek. Die deed ik ook in het medaillon. Ik bekeek het geheel. Een paar reepjes stof. Bijna niks. Hoe kon daar kracht in zitten? Ik bleef ernaar staren, probeerde ze mijn wil op te leggen en iets wonderbaarlijks te doen.
'Doe iets,' fluisterde ik.
Ze deden niks. De moed zakte me in de schoenen.
'Waar ben je in godsnaam mee bezig, man?' zei ik tegen mezelf.
Ik klapte het medaillon dicht.
De zon laaide mijn kamer in. Een strakblauwe lucht, volkomen leeg op een paar vogels na, en wat verder weg de sperwer die boven Braddocks Garden cirkelde. Beneden werd gekookt voor het middageten: de lekkere geuren van gebraden rundvlees, groente en dampend hete pudding. Iemand op de radio schreeuwde moppen. Pa brulde van het lachen. Ma zong mee met duffe liedjes. Ze riep dat we over vijf minuten gingen eten. Ik zat maar wat op bed te zitten. Ik begon te bidden. Bad om vergeving. Verborg het medaillon onder mijn matras. Bad nog maar eens. Bedacht dat er misschien geen vergeving kon bestaan voor wat ik had gedaan.
'Davie!' gilde ma. 'DAVIE!'
Ik ging naar beneden.
Het eten smaakte flauw en verpieterd.
Ma vroeg steeds of ik me wel goed voelde.
'Ja,' zei ik.
Ze strekte haar hand uit en wilde me aanraken.

'Ik zeg toch ja, mens!' snauwde ik.
Geschrokken trok ze terug.
Pa kneep zijn ogen halfdicht en stak waarschuwend zijn vinger op.
'Zo kan het wel weer, jongen,' zei hij.
Hij schudde zijn hoofd. We aten in stilte. Ik propte een hap niervetpudding in mijn mond.
'Jongens,' mompelde hij.
Naderhand zetten we de tv aan en er was een oude zwartwitfilm van Frankenstein. We keken hoe het monster rondsjokte. Ma moest lachen omdat het allemaal zo stuntelig was.
'Weet je nog toen we hem voor het eerst zagen?' zei ze tegen pa. 'Bijna iedereen in de Corona viel flauw, of ging er gillend vandoor, weet je nog? Wat vonden we er toen eigenlijk zo eng aan?'
Pa wankelde een tijdje met stakerige armen en stijve benen door de kamer, deed grommend en kreunend alsof hij ons wilde aanvallen.
Toen liepen Maria en Frances langs, en Frances keek naar binnen.
'Aha!' zei ma.
'Nu ga je er zeker vandoor?' vroeg pa.
'Nee,' zei ik.
Maria zwaaide. Ik negeerde haar, keek weer naar de tv. Uit mijn ooghoek zag ik dat ze haar arm door die van Frances stak en haar meetrok.
'Echt niet?' vroeg ma.
Het monster gromde.
'Nee,' snauwde ik. 'Dat zeg ik toch!'
'Davie!' zei pa. 'Nu is het genoeg!'
'Ik ben nog maar net begonnen!' zei ik. 'Ik ben verdomme nog maar net begonnen!'
Hij liet de vertoning varen en keek me woedend aan.
'Naar je kamer, rotjong,' zei hij.
Ik rende naar boven, terug naar het lichaam, het bloed, en de

angst. Ik bleef de hele middag op mijn kamer. Ik klom in de hoge ingebouwde kast, klauterde over speelgoed en spellen om de dingen van heel vroeger te zoeken: rammelaars, blokkendozen, stoepkrijt en kartonnen boekjes, en ten slotte mijn oude bus boetseerklei. De kleuren waren door elkaar gelopen tot een onbestemd grijs. Het spul voelde keihard aan, maar werd zachter toen ik het bleef kneden. Ik herinnerde me dat ik dieren had geboetseerd, vissen, vogels, kleine poppetjes die mijn lieve mammie en pappie moesten voorstellen. Ik maakte een wild dier en fluisterde aan een stuk door: 'Leef en beweeg. Leef en beweeg!' Ik maakte een beeldje van mezelf, kreeg er de pest over in en kneedde het om tot een stom ding met vier benen en een veel te zwaar hoofd dat omlaag hing. 'Leef en beweeg,' zei ik ertegen. 'Leef en beweeg.' Toen de schemering inviel, leek de lucht buiten vol engelen die boven de straatlantaarns zweefden en door het raam naar me keken met teleurgestelde, afkeurende gezichten.
Er werd geklopt en ma glipte binnen. Ze gaf me een stuk chocola.
Ze glimlachte.
'Boetseerklei!' zei ze. 'Weet je nog hoe dol je daarop was?'
'Nee,' zei ik. 'Nou ja, niet zo goed meer.'
Ze rook aan een stuk klei.
'Doet me aan vroeger denken. Weet je nog dat er overal kleine beestjes stonden?'
'Nou, nee,' zei ik.
'Dat zul je dan vergeten zijn. Kom je weer beneden?'
'Weet niet.'
Ze legde een arm om me heen.
'Het spijt me, mam,' zei ik.
'Komt het soms door een meisje?'
'Nee. Weet niet, mam.'
'Of gaat het misschien om Geordie?'

'Geordie!'
Ze lachte zacht. Ze gaf me nog een stuk chocola.
'Waar het ook door komt, het is niet leuk als iemand van wie je houdt opeens zo tegen je tekeergaat,' zei ze.
'Ja. Dat weet ik. Het...'
Ze drukte een vinger tegen mijn lippen.
'Laat maar. Zeg ook tegen je vader dat het je spijt en dan is de kous af.'
Ik ging echt naar beneden om mijn excuses aan te bieden aan pa, en ook hij zei dat het daarmee voorbij was, maar niets was voorbij. Ik bleef de hele nacht wakker, maakte figuren van boetseerklei, en overgoten door maanlicht blies ik ze gebeden, bezweringen en bevelen in. Ik durfde het medaillon niet open te maken om te kijken of ik de kracht van het lichaam en het bloed kon gebruiken. Niets bewoog, tot vier uur 's nachts. 'Beweeg dan toch,' fluisterde ik, en het leek alsof er echt iets van leven kwam in een stukje klei, alsof het over mijn handpalm glibberde, maar tegen die tijd vocht ik al tegen de slaap en ik moet het hebben gedroomd, of het was het zoveelste teken dat ik gek aan het worden was.

28

'Ze gaat je de bons geven,' zei Frances.
Ze liep me tegen het lijf in de gang. We waren op weg naar het lokaal van Prat. Het was vrijdag, de laatste les van de dag.
'Wie?'
'Marilyn Monroe. Wie denk je? Je zag ons best, hè?'
Ik haalde mijn schouders op.
'Je zag ons en deed doodleuk of we lucht waren,' zei ze. 'Wat moet ze met een knul die haar negeert en de godganse dag loopt te dromen?'
'Weet niet.'
'Weet niet. Dat bedoel ik maar.'
Ze porde me tussen mijn ribben.
'Wat mankeert jou eigenlijk? Zie je dan niet hoe leuk ze is? Wat gaat er om in die stomme kop van jou?'
Ik wilde 'weet niet' zeggen maar ik hield me in.
Ze knipte met haar vingers vlak voor mijn gezicht.
'Hallo,' zei ze. 'Hallo-o. Is daar iemand?'
Ik haalde mijn schouders op.
Ze schudde haar hoofd.
'Zie je wel,' zei ze. 'Ik zal het vandaag nog tegen haar zeggen. Geef hem de bons, ga ik zeggen.'
'Ze doet maar!'
'Dat doet ze zeker. Je bent de rotmoeite niet waard.'
Ze liep snel door. Maria was al in de klas. Toen ik binnenkwam, zat Frances haar al druk gebarend in het oor te sissen. Ze kregen allebei de slappe lach. Ze keken me recht aan, keken toen weg, trokken een lelijk gezicht en schaterden het uit. Ik ging naast Geordie zitten. Hij schoof zijn stoel een stuk van me af.

'Stilte!' zei Prat.
Hij keek in zijn notities.
'Waar waren we gebleven?
'In je reet,' zei Geordie.
'Aha!' zei Prat. 'Klei!'
Hij hield een balletje klei tussen zijn vingers omhoog.
'Geen materiaal dat zo laag-bij-de-gronds is,' zei hij. 'Een kluit modder. Zachte, vochtige, slijmerige, glibberige, vormeloze modder. Bagger. Zou het kunnen dat we het spul aantrekkelijk vinden omdat het ons aan ons vormeloze zelf doet denken – aan hoe we maar aanmodderen in ons leven?'
Hij zweeg even. Hij keek de klas rond.
'Bagger,' zei hij. 'Is dat zo? Kunnen we dat woord gebruiken om onszelf te beschrijven?'
Niemand zei iets.
Frances keek in mijn richting. Ze knikte.
'Zeg jij ja?' vroeg Prat.
'O, ja, meneer,' zei Frances.
'En toch zijn er mensen,' zei Prat, 'die beweren dat wij het tegenovergestelde zijn van bagger Dat wij gezegende wezens zijn. Is dat zo? Wie vindt dat ook? Wie vindt...' en hij dempte zijn stem, '... dat wij op de engelen lijken?'
Geordie stak zijn vinger op.
'Ik, meneer,' zei hij.
'Dank je, George,' zei Prat. 'Als ik jou zie denk ik dat ook vaak. Maar...' Hij sperde zijn ogen wijd open. Hij hief een vinger, zoals hij altijd deed wanneer hij vond dat hij iets diepzinnigs ging zeggen. 'Is het niet zo dat de waarheid ergens in het midden ligt? Is het niet zo dat we het allebei zijn? We zijn bagger én we zijn gezegende wezens! Wie is het daarmee eens?'
'Ik, meneer,' werd hier en daar gemompeld.
'Uitstekend! Dan gaan we een stapje verder. Zou het kunnen dat

we graag met klei werken omdat het ons bewijst dat de schepping van iets...'

'Tering,' mompelde Geordie. 'Houdt hij dan nooit op?'

Prat bazelde verder. Hij liep heen en weer voor de klas, sloot zijn ogen, klopte tegen zijn slapen, keek naar de hemel achter het raam. Geordie keek me onderzoekend aan. Hij krabbelde iets op een stukje papier en schoof het me toe.

Wat kletste Mouldy nou? Over dat geflikflooi?

'Hè?' mimiekte ik terug.

Hij schreef nog iets.

Stiekem doen en zoenen.

Hij keek naar me. Er speelde een grijns over zijn gezicht. Ik klakte met mijn tong, trok een gezicht. Hij rolde met zijn ogen en tuitte zijn lippen alsof hij ging zoenen. Ik wilde iets terugschrijven maar ik wist niet wat.

Geouwehoer, schreef ik ten slotte.

Geordie deed of hij geschokt was.

'Alles goed, George?' vroeg Prat.

'Ja, meneer.'

'Uitstekend. Ik had even de indruk dat je aanstalten maakte om op mijn woorden te reageren.'

'Nee hoor, meneer.'

'Uitstekend.'

Prat graaide in de lucht en ving een snoepje dat door de klas vloog. Hij stopte het in zijn mond.

'Ik denk wel eens,' zei hij, 'waarom vertel ik ze dit toch allemaal? Waarom sloof ik me zo uit?'

'Omdat je prat gaat op je gebazel,' mompelde Geordie.

'Maar ik laat me niet ontmoedigen. Ik hou mezelf voor: "Er zijn er altijd bij die wél luisteren, Peter Patrick Parker, want die zijn er altijd geweest en zullen er altijd blijven." Dus...! Van wie zijn die snoepjes eigenlijk?'

'Van mij,' zei Jimmy Kay.
'Dan zou ik er graag nog een willen, James, om mijn spraakwater te verfrissen. Een rode alsjeblieft.' Jimmy wierp hem er een toe. Prat ving het, kauwde en stortte zich weer in zijn relaas. 'Zou het kunnen,' zei hij, 'dat we in deze klont klei een lichaam zonder ziel zien, dat ons inspireert tot...'
'Tering,' zei Geordie weer.
Zoenen, schreef hij. *Davie en Stephen Rose zijn...*
Ik las het. Ik trok mijn lippen naar hem op. Hij krabbelde nog een briefje, maakte er een propje van, mikte het naar Frances en Maria. Frances maakte het open. Ze sloeg haar hand voor haar mond. Ze zette grote ogen op. Ze giechelde.
'Iiiee!' zei ze, en ze gaf het briefje door aan Maria.
Maria fronste haar wenkbrauwen. Ze keek dwars door de klas naar mij. Haar ogen waren zonder uitdrukking, maar toen stootte Frances haar aan en fluisterde weer iets en Maria begon ook te giechelen.
Prat bazelde maar door.
'Iiee!' zei Frances weer.
'Ja, juffrouw Malone?' vroeg Prat.
'Nou, meneer,' zei Frances, 'het is wel erg... eh...'
'Verontrustend?' zei Prat.
'Ja, meneer,' zei Frances.
'Angstaanjagend zelfs?'
'Ja meneer.'
'Zeg dat wel. Het idee dat we gedoemd zijn domweg weer terug te keren in de aarde, zeker? Het idee dat we hersenloos kunnen zijn, alleen maar massa, log, speelgoed in de handen van onze schepper...'
'Gewoonweg schokkend, meneer,' zei Frances.
'Zeg dat wel,' zei Prat.
Ze giechelde.
'Schandalig, vernederend, walgelijk,' zei ze. 'Maria vindt het ook.'

'O ja?' vroeg Prat.
Frances gaf Maria een por.
'Nou en of, meneer,' zei Maria.
Prat straalde helemaal.
'Het is maar een gedachte,' zei hij. 'Een idee.'
Hij legde zijn handen op de tafel van de meiden en boog zich naar hen toe.
'Ik ben zo blij dat ik jullie aan het *denken* heb gezet.'
'Nou, we denken heel wat af, meneer,' zei Maria.
'Iiee!' zei Frances. Ze keek naar me en rolde met haar ogen. 'Iiee! Iiiieeee!'
Naderhand, in de gang, wilde ik er snel vandoor. Maar de meiden stonden giechelend achter me. Geordie vuurde ze aan. Dus draaide ik me om en keek ze woedend aan. Geordie slaakte een gil, deed of hij bang was.
'Val dood,' zei ik.
Ik probeerde Maria's blik te vangen. Ik wilde tegen haar zeggen: 'Denk aan hoe we ons voelden in de steengroeve.' Ik wilde tegen Geordie zeggen: 'Maar je bent altijd mijn beste vriend geweest.' Maar Maria grinnikte en ontweek mijn blik. Geordie grijnsde onnozel. Ik balde mijn vuisten. Geordie begon me uit te dagen.
'Kom op, Davie,' zei hij. 'Heb het lef eens.'
Ik aarzelde.
'Toe dan,' zei hij. 'Wat is er? Durf je niet?'
Dus ging ik hem te lijf, en toen we vochten kwamen er een heleboel anderen omheen staan schreeuwen en joelen:
'Pak 'm! Pak 'm! Pak 'm!'
Met een stomp in mijn buik sloeg Geordie de adem uit mijn lijf, maar ik gaf hem lik op stuk. Ik haalde uit met mijn vuist, raakte zijn neus en het bloed spoot eruit. Brullend sprong hij boven op me. Ik greep hem bij zijn keel. We sloegen languit tegen de grond, we gromden en schreeuwden en vloekten.

'Schoft!' scholden we. 'Vuile rat!'
Toen kwam Prat aandraven en schreeuwde dat we op moesten houden. Ik maakte me los en krabbelde overeind. Ik boog me over Geordie heen.
'Ik haat je!' snauwde ik.
Toen ging ik ervandoor.

29

Ik liep de school uit en spoog op de grond. Ze konden allemaal doodvallen. Mouldy zat op een bankje buiten het kerkhof vlak bij The Swan. Hij was dronken, half in slaap, een waardeloze zak. Ik kwam dichterbij. Hij keek me met glazige ogen aan. Geen glimp van herkenning.

'Vissenkop,' siste ik. Ik balde mijn vuisten. 'Dacht je dat ik bang voor je was?'

Hij gromde. Ik boog me naar hem toe.

'Vissenkop. Vissenkop.'

Hij deed een poging om overeind te komen en viel weer terug op het bankje.

'Vissenkop. Vies vet varken,' zei ik.

Grinnikend liep ik door, vlak langs hem heen. Ik rook hem en had de pest aan hem.

'Zwijn,' zei ik. 'Dacht je dat ik bang voor je was?'

Ik greep een steen, woog hem in mijn hand, zag in een flits hoe hij Mouldy's slaap zou raken, hoorde hem al kreunen, zag hem stuiptrekkend in elkaar zakken, zag het bloed eruit gutsen. De verleiding was groot maar vervloog. Zacht liet ik de steen weer vallen.

Ik klopte op Crazy Mary's deur. Stephen liet me binnen.

'Ik heb het,' zei ik.

'Goed, man!'

Hij sloeg zijn armen om me heen. Ik rukte me los.

'Laat zien dan,' zei hij.

'Ik heb het toch niet bij me, man.'

Hij nam me mee naar de keuken. Crazy Mary zat met een kop thee aan tafel.

'Dag juffrouw Doonan,' zei ik.
Geen reactie. Stephen grinnikte.
'Hé, stomme ouwe taart,' zei hij.
Mary zat er roerloos bij. Reageerde niet.
'We doen het dit weekend,' zei Stephen.
Hij grijnsde.
'We maken dit weekend een monster, Davie,' zei hij. 'Morgen-avond. Goed?'
Hij legde zijn handen om mijn gezicht.
'Goed?' zei hij.
'Goed!'
Ik keek naar Mary. Wat zou ze van onze woorden denken?
Stephen grinnikte.
'Kijk!' zei hij.
Hij liet zijn broek zakken. Hij keerde Mary zijn blote kont toe. Ze deed niets. Hij trok zijn broek weer op.
'Ga je gang!' zei hij. 'Doe het ook! Laat je broek zakken en ga met je billen bloot.'
Hij lachte me in mijn gezicht uit.
'Het is een truc, man. Moet je zien.'
Hij hield zijn hand voor Mary's gezicht. Hij knipte met zijn vingers.
'Vijf, vier, drie, twee, een,' zei hij. 'Wakker worden, Mary.'
Crazy Mary knipperde met haar ogen en bewoog.
'Kijk,' zei Stephen. 'We hebben bezoek, tante Mary.'
Ze keek naar me.
'Het is mijn maat, Davie,' zei Stephen.
Mary glimlachte.
'Die aardige misdienaar,' zei ze. 'De jongen met die lieve mama. Wil je een boterham met jam, kind?' Ze schudde haar hoofd. 'Maar ik heb helemaal niemand binnen horen komen.'
'Je was ingedommeld, tante Mary,' zei Stephen.

'Ja. Dat moet wel,' zei ze.
Ze staarde naar haar neef, daarna naar mij.
'Denken jullie dat God over ons waakt als we diep in slaap zijn?' vroeg ze.
'Tuurlijk,' zei Stephen. 'Hij kijkt op ieder van ons neer en beschermt ons. Dat is zijn werk.'
'Die jongen is zo'n troost voor mij,' zei Mary.
Ze pakte een mes, begon brood te snijden. Ze sneed een paar plakken. Ze hield ze omhoog naar de hemel.
'Alles op deze wereld komt van U,' zei ze.
Stephen kreunde.
'Gelul,' zei hij. ''t Wordt tijd om haar weer een dutje te laten doen. Tante Mary.' Ze draaide zich naar hem om. Hij liet zijn hand voor haar ogen heen en weer gaan. 'Leg dat brood weg,' zei hij.
Ze legde het brood neer.
'Ga zitten.'
Ze ging zitten.
'Nu ga je slapen, Mary,' zei hij. 'Je wordt pas wakker als ik het zeg.'
Haar ogen bleven open, maar het licht erin doofde.
Stephen grinnikte.
'Een trucje,' zei hij. 'Bij de een gaat het veel makkelijker dan bij de ander. Zij is een eitje.'
Hij keek naar me.
'Ik kan het jou ook leren als je wilt,' zei hij. Hij kwam vlak voor me staan, zwaaide met zijn handen, praatte met een overdreven spookachtige stem.
'Slaaaap,' zei hij. 'Slaaaaaap.'
Hij lachte. Hij gaf een tikje tegen Mary's neus.
'Toe dan,' zei hij. 'Doe ook, man.'
'Laat haar met rust,' zei ik.
'Laat haar met rust,' aapte hij me na met een hoog kinderstemmetje. Hij deed een stap dichterbij. 'Ik kan het bij jou ook,' zei hij.

'Ik krijg jou net zo makkelijk aan het slapen. Ik kan jou alles laten denken wat ik wil dat je denkt.'
We keken elkaar strak aan. Ik balde mijn vuisten, voelde de vechtlust in me opkomen.
'En misschien heb ik dat al gedaan,' zei hij, 'zonder dat je het doorhebt. Misschien zit je net als Crazy op een stoel te dromen en ben je als was in mijn handen. Slaap. Slaaaap.'
'Rot toch op, Stephen,' zei ik.
Ik greep hem bij zijn kraag.
'Als je het lef hebt, vermoord ik je,' zei ik.
Hij deed een poging om te lachen. Hij schudde zijn hoofd.
'Ik doe het niet,' zei hij. 'Dat zou ik nooit doen, Davie. Geloof me.'
'Wat is er met je ouders gebeurd?' vroeg ik.
'Wat heeft dat ermee te maken?'
'Weet niet. Een heleboel.'
Hij spuugde op de vloer.
'Ik heb mijn vader vermoord en mijn moeder krankzinnig gemaakt,' zei hij. 'Wou je dat horen?'
'Weet niet.'
'Weet niet, weet niet. Je moest jezelf eens horen!'
Ik liet hem los. Ik wilde weggaan, maar hij greep mijn arm beet.
'Ik heb je nodig, Davie,' zei hij.
Ik rukte me los.
'Ik meen het,' zei hij.
Ik draaide me weer om en we keken elkaar recht in de ogen.
'Met jou erbij,' zei hij, 'weet ik dat ik anders kan zijn. Ik weet dat ik dan veel meer kan dan in mijn eentje.'
Ik zuchtte. Het was zo. En ik wist dat ik zelf ook anders kon zijn. Ik wist dat ik met hem erbij veel meer kon dan wanneer ik alleen was. Er was iets wat ons naar elkaar toe had getrokken, alsof het de bedoeling was dat we elkaar hadden gevonden. Er was geen weg

terug naar mijn oude leventje. Niet voor ik had beleefd wat ik met Stephen Rose moest beleven.

'We doen het dus zaterdag,' zei hij.

'Ja. Zaterdag. En maak nu Mary wakker.'

Hij maakte haar wakker. Ze glimlachte, in een nevel van verwarring en verbazing.

'Doe dat niet nog eens,' zei ik. 'Ze is geen speelgoed.'

'Ik zal het niet meer doen, Davie,' zei hij.

'Zaterdag,' zei ik.

'In de grot. Na donker. Ik zal er zijn.'

'Ik ook. Dag, juffrouw Doonan.'

Ik ging door het huis op weg naar de voordeur.

'Maar je boterham met jam dan!' riep die arme Crazy Mary nog.

DRIE

30

Zaterdagavond. Ik lig op bed, wachtend in het donker. Geen maan. Beneden in de kamer dreunt de tv. Ik hoor pa's bulderende lach. Door mijn hoofd spookt de hel, met verschroeiende vlammen, wrede duivels, graaiende, klauwende, gemeen gniffelende kwade geesten. Ik hoor de zondaars huilen en snikken. Ik zie een eeuwigheid in de hel voor me, tijd die voortkruipt, zonder einde, zonder een schijn van kans op verlichting of verlossing. 'Laat me in niks geloven,' fluister ik. 'Laat er leven zijn en niks dan leven. Laat het lichaam niks dan klei zijn. Laat God niet bestaan. Laat de ziel niks anders zijn dan een verzinsel. Laat de dood niks anders zijn dan rottend vlees en brokkelende botten.' Ik raak het medaillon aan. 'Laat dit niks anders zijn dan gemorste wijn, kruimeltjes, plakband en stukjes stof.' Weer klinkt pa's lach van beneden. 'Laat niks belangrijk zijn,' zeg ik. 'Laat het gewoon één grote rotgrap zijn. God, de wereld, de ziel, het vlees. Niks dan grappen, stomme rotgrappen. Laat er gewoon niks zijn, één groot verrot niks.'
Algauw gaan ze naar boven. Ma steekt haar hoofd om de deur van mijn kamer.
'Welterusten jongen,' fluistert ze. 'Slaap lekker.'
Ik hou me slapend. Ik zeg geen welterusten terug, maar als ze weg is en de deur heeft dichtgedaan kan ik het wel uitschreeuwen: 'Mama! Kom terug, mama!'
Maar ik blijf stil liggen. Ik probeer alles uit mijn hoofd te zetten, probeer in een staat te raken waar niks meer is: geen wereld, geen huis, geen kamer, geen Davie. Maar het is natuurlijk Davie die een uur later van zijn bed komt, Davie die zich stilletjes aankleedt, het medaillon pakt, zijn kamer uitgaat, de trap af sluipt en even

aarzelt bij de voordeur, Davie die de deur opendoet en de koude nachtlucht het huis in laat stromen, Davie die wil dat zijn moeder roept: 'Wat doe je, Davie?', Davie die wil dat zijn vader naar beneden komt klossen om hem tegen te houden en naar bed te sturen, Davie die de deur achter zich sluit omdat zijn ouders niet komen, Davie die in zijn eentje de nacht in gaat.

31

De mensen zijn vroeg gaan slapen. De straten van Felling zijn uitgestorven. In nog maar een paar bovenramen schijnt licht. De bleekoranje gloed van de straatlantaarns dringt amper door tot de duisternis onder de bomen langs de wegen. Bij The Swan is alles donker. Een paar auto's brommen over de onzichtbare rondweg. Van ergens ver weg klinkt gezang – misschien een familiefeest dat tot in de kleine uurtjes uitloopt, misschien een bruiloft of een dodenwake. Ik doe mijn best om zo te lopen dat ik geen gerucht maak: ik haal oppervlakkig adem, loop op mijn tenen, hou mijn armen bijna stil. Vanuit een tuin komt gegrom, en ik dwing mezelf niet ineen te krimpen. Weer dat geluid, dichterbij nu. Ik loop door, met zachte voetstappen. En weer gromt het onbekende ding, vlak achter me. 'Niet rennen,' adem ik. Weer een grom, en ik kijk om en zie iets op het wegdek, een pikzwarte vorm op vier poten. Het schepsel glijdt langs me heen en als ik vlak bij de wildernis ben keert het zich daar bij het hek naar me om. Staat daar met gloeiende ogen, blikkerende tanden, kwijl dat uit zijn open bek druipt.
'Braaf,' mompel ik. 'Hij is braaf.'
Het beest beweegt niet. Ik steek mijn open handen uit, laat zien dat ze leeg zijn.
'Kijk,' zeg ik. 'Ik doe je niks. Ik ben niet gevaarlijk.'
Het beest gromt, komt op me af.
'Niet doen,' fluister ik. 'Blijf staan. Braaf beest.'
Hij blijft komen. Hij blijft grommen.
Ik zak op mijn hurken en tast over de grond. Mijn hand raakt een scherp stuk steen van Braddocks ruïne. Ik grijp de steen vast, wrik hem de grond uit. Ik hou hem omhoog als het beest me aanvliegt

en laat hem hard op zijn schedel neerkomen. Ik sla nog eens, en nog eens. Het beest jankt, kermt, glijdt van me af. Hij draait zijn kop om, kijkt naar me, weer hef ik de steen, en hij glijdt verder weg.
Ik smijt de steen weg en hol het hek door.

32

'Stop!' zegt Stephen.
Hij is in de grot, omringd door brandende kaarsen. Hij houdt afwerend zijn hand op.
'We moeten alles doen zoals het hoort,' zegt hij. 'We moeten er hier een heiligdom van maken.'
Ik blijf aarzelend bij de ingang staan.
'Je hoort een kruisteken te slaan,' zegt hij. 'En vraag om gereinigd te worden van je zonden.'
Dat doe ik, en dan wankel ik en begin te beven. Op de grond ligt een lijk. Dan zie ik dat het geen lijk is. Het is een berg klei, waaruit de vorm van een man is ontstaan: een brede borstkas, benen, armen, een plomp hoofd. Ik wil weghollen. Maar Stephen lacht.
'Dat is hem,' zegt hij. 'Of liever, dat gaat hem worden. Zeg hem gedag. En ga niet boven op hem staan.'
Ik durf niet omlaag te kijken als ik over hem heen stap.
'Niemand gemerkt dat je van huis ging?' vraagt Stephen.
'Nee. Er was wel een hond of zoiets, buiten.'
'Er zitten hier altijd honden. Heb je het lichaam en het bloed?'
'Ja.'
Ik geef hem het medaillon. Hij klikt het open, inspecteert de inhoud, zucht van genoegen.
'Ik kon niet veel pikken,' zeg ik.
'Maakt niet uit. De kracht zit al in het kleinste beetje.' Hij legt het medaillon op een richel van de rotswand. 'Goed gedaan. Je verdient er de hemel mee. Trek dit aan.'
Hij reikt me een lang wit hemd aan. De maan, de zon, de sterren en een kruis zijn erop geschilderd. Hij heeft er zelf ook een.

'Gewoon over alles heen doen,' zegt hij. 'Ik heb ze van een laken van Crazy gemaakt.'
Hij trekt zijn hemd over zijn hoofd. Het valt tot bijna op zijn knieën.
'Schiet op, Davie,' zegt hij. 'We moeten het goed doen als we willen dat het goed gaat.'
Ik doe het mijne ook aan.
'We lijken verdomme wel priesters,' zeg ik.
'Ja, maar dan priesters uit de oudheid.'
'Hoezo, uit de oudheid?'
'Zoals het is begonnen, Davie. Het begin van vóór alle kerken, hocus pocus en waardeloze pastoors als O'Mahoney. Seminaries bestonden nog lang niet. Een bidplaats was geen stenen gebouw met de naam van een heilige. Er waren geen halfgare missen en mensen in hun zondagse kleren die slappe gebeden zeiden. Heel in het begin waren er alleen priesters die in de wildernis hun krachten ontdekten. Dat waren lui als wij, lui met kracht, die in grotten aan magie deden, halve wilden, die echt dicht bij God stonden. Vannacht ben je een priester uit de oudheid, Davie. Vannacht schenk je je magie aan de wereld.' En hij slaat zijn ogen ten hemel, spreidt zijn armen en zegt: 'Laat de krachten van het heelal vannacht in ons doorwerken! Knielen, Davie!' Hij trekt me op mijn knieën naast zich. Hij pakt mijn hand en legt hem op het lichaam van de halfvoltooide man van klei.
'Dit is onze schepping, Davie,' zegt hij. 'Vannacht maken we hem, brengen hem tot leven en sturen hem de wereld in.' En hij buigt voorover en spreekt tegen het hoofd van het wezen. 'Dit is Davie,' zegt hij. 'Hij wordt net als ik je meester.' Hij grinnikt naar me. 'Aan de slag, Davie. Meer klei.'
En dus graven we nog meer klei op uit de kleivijver. Geknield kneden we de kleverige, natte klei tot de vorm van een man. En we gaan er volkomen in op, en soms vergeet ik mezelf en waar ik ben, en ik

vergeet hoe krankzinnig dit moet overkomen als iemand anders uit Felling per ongeluk 's nachts de steengroeve in zou komen. We zeggen steeds tegen elkaar: 'Hij moet mooi worden.' We plakken steeds meer klei op het lijf. 'Hij moet sterk worden,' zeggen we. We laten onze natte vingers over het oppervlak van de man glijden. 'De huid moet glad als echt vel worden.' We leunen steeds even achterover om te kijken. We strijken fouten glad, brengen details aan, lachen en zuchten om de schoonheid van ons werk. Voor we de borstkas van de man afmaken drukt Stephen er nog een verdorde rozenbottel in bij wijze van hart. We maken de borst dicht en harken er met onze vingers ribben in. In de schedel doen we een kastanje voor de hersenen. We kneden de trekken van zijn gezicht. We maken ogen van zaden, oren van de gevleugelde noten van de es, neusgaten van uitgedroogde meidoornbessen, haar van takjes en grassprieten.
'We beplanten hem als een tuin,' zegt Stephen. 'We stoppen hem vol groeikracht. En hiermee...' Hij pakt het medaillon. 'Hiermee maken we zijn ziel.'
Hij aarzelt. We kijken neer op de man, die zacht glanzend in het kaarslicht ligt.
'Waar zit de ziel?' vraagt Stephen.
'Toen ik klein was dacht ik: in het hart,' zeg ik.
'Maar sommige mensen zeggen: in de hersenen.'
'Misschien zit de ziel wel overal.'
'Dan maakt het niks uit. We doen hem er zomaar ergens in en vanaf die plek verspreidt het leven zich dan wel.'
Ik druk mijn vingers in de buik en maak een kuiltje.
'Hier maar?' zeg ik. 'Een beetje in de buurt van het midden.'
En Stephen stopt het medaillon er diep in en maakt het vlees van de man weer dicht.
We knielen neer en kijken bewonderend naar ons maaksel. De man is zo mooi, zo glad, zo sterk. Ik voel de klei aan de huid van mijn handen straktrekken onder het opdrogen.

'Wat nu?' zeg ik.
'Nu blijven we kijken. En bidden.' Hij laat zijn hand voor mijn ogen heen en weer gaan. 'En we geloven erin, Davie. We geloven in onze kracht om een man te maken.' Weer gaat zijn hand heen en weer. 'Vannacht zul je een wonder zien.'
En de maan komt op, klimt boven de rand van de steengroeve, schijnt in onze grot, en het licht glijdt over ons heen en over het doodstille lichaam op de grond.
'Beweeg, schepsel,' prevelt Stephen.
En ik murmel met hem mee.
'Beweeg, schepsel. Beweeg en leef.'

33

En de tijd kruipt voorbij en we bidden en smeken en er gebeurt niets. En de maan klimt hoger tot hij daar doodstil hangt, helder weerspiegeld in het midden van de roerloze kleivijver. En langs de maan scheren vleermuizen, uilen, kleine bleke motten. En onze man ligt daar heel stil en zijn glans vervaagt onder het drogen, en steeds als ik hem aanraak weet ik dat hij een prachtig wezen zou kunnen zijn als hij echt leefde, en steeds bid ik dat hij echt tot leven zal komen. En de tijd kruipt voorbij en ons gefluister wordt onvaster en slaat om in een vreemd soort gezang dat uit ons voortkomt maar op een vreemde manier toch geen deel van onszelf is maar van de nacht, van de lucht en de maan, en de woorden van het gezang lijken niet meer op woorden maar op klanken die uit de diepste diepte komen, als de oerkreten van een dier, als warrig vogelgezang, de klanken van nachtvogels. En wijzelf zijn op een vreemde manier niet meer onszelf, maar worden ijler, vager, raken los van ons lijf, los van onze namen. En vaak kijk ik over het lichaam op de grond naar Stephen in de verwachting dat hij zal zijn opgelost, of veranderd in een schaduw, een geest, een onstoffelijk wezen. Zijn gestalte flakkert en deint voor mijn ogen, hij lijkt soms ook echt uit het zicht te verdwijnen en dan weer terug te zijn. We blijven naar elkaar kijken, alsof we elkaar daardoor hier in de steengroeve kunnen houden, hier op de wereld kunnen houden. En zo gaat het heel lang door, en al die tijd ligt de man onbeweeglijk op de grond.

'Op Bennett,' zegt Stephen, met een stem die onvast en schor klinkt en van heel ver lijkt te komen, 'hadden we een clubje, een geheim clubje. We kwamen 's nachts bij elkaar, zoals jij en ik nu.

Op een nacht is er een jongen verdwenen. Joseph Wilson heette hij. Het ene moment zat hij nog 's nachts bij ons in een kast, en opeens was hij weg.'

Het lukt me een woord uit te brengen.

'Weg?'

'Een halve nacht en een halve dag. We dachten dat hij dood was. We dachten dat hij met huid en haar de geestenwereld was binnengevoerd. De paters dachten de volgende ochtend dat hij 's nachts toen iedereen sliep moest zijn weggelopen. Maar de volgende dag zagen ze hem wankelend ronddwalen tussen de berken in het park van het seminarie. Zijn kleren waren kapot, zijn ogen stonden wild. Hij kon zich niets meer herinneren. Het duurde dagen voor hij weer bij zijn verstand kwam, en zelfs toen kon hij geen mens vertellen wat er was gebeurd, waar hij geweest was.'

'Werd je er daarom afgetrapt?'

'Nee, die keer trapten ze hem eraf en zeiden dat hij een slechte invloed op ons had. En er was iets met een andere knul. Danny Keegan. Hij riep een spookdier op uit de nacht.'

Ik kan hem alleen maar aanstaren.

'Een klein lomp wezen met horens. We waren die nacht weer aan het klooien en bidden en bezweren, en opeens zag Danny hem voor zijn voeten langs rennen. We wilden hem vangen, maar weg was-ie, en toen zagen we hem in de gang, met flapperende vleugels, en hij vloog weg. Danny zei dat hij had gebeden: "Geef me een teken, God".'

'Deden jullie altijd dat soort dingen op Bennett?'

'Het lijkt eeuwen geleden. We waren kleine jochies, ver van huis. Ja, we haalden van alles uit, tot we werden gesnapt.'

'Hoe werden jullie dan gesnapt?'

'Ze stuurden een verlinker. Logan. Zo glad als een aal. Hij was al ouder, al bijna klaar om priester te worden. Hij werkt nu in een parochie in Jarrow. Hij liet ons erin lopen. Zei dat hij ons geheimen kon vertellen, het soort geheimen dat we eigenlijk pas mochten weten als we groot waren. Geheimen over leven en dood en wanneer Christus terug zou komen, en wat de heiligen wisten en wat de paus verzwijgt voor de rest van de wereld. Daarom lieten we hem 's nachts meedoen met dingen als tafels laten zweven en gedoe met ouijaborden en in trance gaan en onder hypnose brengen, en we vertelden hem over Joseph en Danny, en over een joch dat Plummer heette, die een halfuur lang zijn adem kon inhouden en met geesten kon praten. We hadden het kunnen weten. Hij was een spion. Hij briefde het allemaal door aan de paters. Die zeiden dat de anderen door mij op het slechte pad kwamen. En dus werd ik naar huis gestuurd.'

Hij buigt zich voorover, laat zijn vingers over het mooie lichaam glijden.

'Ze zeiden dat ik slecht was, Davie. Ze zeiden dat ik een werktuig van de duivel was.'

Zijn ogen glinsteren in het kaarslicht.

'Vind jij me slecht?'

Ik schud mijn hoofd. Ik bid. Ik raak het lichaam aan. Ik kijk op naar de maan.

De man heeft niet bewogen.

'Leef,' fluister ik. 'Leef en beweeg.'

En weer klinken onze stemmen op en weer beginnen we aan een onwezenlijk lied zonder woorden, en het lichaam tussen ons in blijft doodstil liggen.

34

En we strooien as over de man, want Stephen zegt dat van oud leven misschien wel nieuw leven komt, en we sprenkelen water uit de kleivijver over hem heen, want we denken dat hij misschien als een zaadje kan ontkiemen, en ik buig diep over hem heen en blaas adem in zijn neusgaten zoals God de Vader deed toen hij de mens schiep uit het stof van de aarde, en we fluisteren geheimzinnigheden en gaan staan, en we wiegen en dansen en bidden en smeken en ik krijg het idee dat er vannacht niets zal gebeuren, dat er nooit iets zal gebeuren, en dan begint Stephen te praten over de nacht waarop hij weer thuiskwam.
'Ik werd met een auto naar huis gebracht. Kreeg geen tijd om te denken, te bidden, te biechten of afscheid te nemen. Dat geloof je toch niet? Van de ene dag op de andere verbannen. En ik liet de zware deuren achter me, en alle jongens en paters en gebeden en de stank van pis en alle boterhammen met jam en de bomen, en we reden langs de vijver de oude poorten door en gingen terug naar Whitley Bay. De pater die meereed was een ouwe knar met een puntneus en van die lubberende lippen. Hij keek me niet één keer aan, maar zat de hele weg naar Whitley Bay te bidden. En ma en pa hadden geen idee wat hun boven het hoofd hing. Ma stond spek te bakken in de keuken, pa was kool aan het planten in de tuin. Ik kwam met die pater de taxi uit en ik had m'n ouwe koffer bij me. Gaf-ie ze een brief met mijn zonden erin. "Hier is een duivel die weer thuis komt wonen," zei hij. "Bescherm uzelf." En weg was-ie.'
En Stephen wijst naar de man en verheft zijn stem: 'Beweeg! Leef!'
En zijn stem echoot door de steengroeve en door de nacht, maar de man van klei verroert zich niet.

'En je pa en ma,' begin ik. 'Wat zeiden...?'
'Ze huilden de ogen uit hun kop. Wisten van geen ophouden. Zeiden dat ze zo hun best hadden gedaan om goed te leven. Zo hun best hadden gedaan me goed groot te brengen. En ik zei dat daar de fout wel eens kon zitten. We hadden er misschien beter een zooitje van kunnen maken zoals iedereen in onze familie, we moesten voortaan maar net als Rocky onze tenten in het bos opslaan, ons haar laten groeien en verwilderen, bange griezels worden. En pa rammelde me door elkaar en zei: "Dat meen je niet!" En ik zei van wel, ik meende het, en toen jankten ze nog harder, en ma hield me vast en zei dat ik moest opbiechten wat ik allemaal had gedaan.'
'En deed je dat?'
'Ik heb haar er wel iets van verteld, ja. Ik zei dat bijna alles in die brief een gore leugen was. Ik heb haar gewoon mijn eigen waarheid verteld, een paar van mijn eigen leugens. Op het laatst wist ik zelf niet meer wat waar en niet waar was. Algauw dacht ik terug aan de dagen en nachten op Bennett alsof ik het allemaal gedroomd had en ik zelf ook niet meer kon weten wat ervan waar was geweest, en al helemaal niet wat goed en fout was geweest. Maar we pakten ons leven weer op. We bleven in dat kleine rijtjeshuis in Whitley Bay en trokken niet het bos in. Ik ging naar school en was net als alle andere jongens die van het seminarie terugkomen – beetje afwezig, beetje losgeslagen. Pa en ma deden gewoon hun werk. Zij was serveerster in een theehuis aan zee. Hij maakte machines schoon in een fabriek in Blyth die banden maakte. Alles ging door alsof het de gewoonste zaak van de wereld was en wij gewone mensen waren met een gewoon leven. Maar vanbinnen was er van alles met ons aan de hand. Ma begon flessen sherry achterover te slaan en smeet koppen en borden kapot op de keukenvloer. Ze schoor haar haar af en zei wel eens dat ze haar polsen door zou snijden. Ik kalkte bezweringen op de muren van

mijn kamer en riep 's nachts geesten op. Ik werd van school gestuurd omdat ik de rector had vervloekt en zei dat God in 1945 was gestorven. Pa kon er gewoon niet meer tegen. Hij zei dat we met z'n allen naar Australië moesten gaan en opnieuw beginnen. Maar op een avond toen we aan de vleespastei zaten en naar de tv keken kreeg hij een beroerte en was op slag dood.'

Hij zwijgt even en kijkt door de flakkerende vlammen naar me, alsof hij wil weten of ik hem kan volgen, of ik er nog bij ben.

'Was jij erbij?' vroeg ik.

'Ik zat pal tegenover hem aan tafel, Davie. Ik zat net zo vlak bij hem als nu bij jou. Ik dacht dat hij zich verslikte in zijn eten, maar dat was niet zo. Hij viel van zijn stoel en was dood.'

We blijven lang stil. We zitten op de grond van de grot naast de man van klei.

'Rot voor je,' fluister ik.

'Ach welnee,' zegt Stephen.

Maar als ik naar hem kijk, zie ik dat Stephen Rose huilt.

35

'Heb jij wel eens iemand dood zien gaan?' fluistert Stephen.
Ik schud mijn hoofd.
'Ik vóór die avond ook niet. Het leek of hij door de bliksem werd getroffen, en toen die ogen van hem, vol doodsangst, en dat gerochel, en hij stortte neer, en dat was dat. Hij was al dood toen ma en ik op onze knieën bij hem neervielen. Geen ademhaling, geen hartslag, helemaal niks. Hij was zo dood als een pier en net zo roerloos als die mooie meneer hier. En hij werd al koud, alsof hij van klei werd.'
Weer druppelen zijn tranen en we zwijgen.
'Ik had hem kunnen redden, Davie,' zegt hij. 'Als ma niet compleet over de rooie was gegaan.'
'Wat?' zeg ik.
'Ze schreeuwde moord en brand. Ze wilde meteen naar buiten hollen, naar de telefooncel aan de overkant van de straat. "We moeten een ambulance bellen," zei ze. En ik zei: "Wacht nog even. Ik kan zorgen dat hij bijkomt." Ik greep haar arm beet. Maar ze was door het dolle heen. Ze sloeg me met haar vlakke hand. Ze stoof de straat op. Ik zag haar door het raam, in die telefooncel, wild ratelend in de hoorn. Ik deed de voordeur op slot zodat ze er niet in kon. Ik ging naast mijn vader liggen. Ik praatte in zijn oor. Ik riep zijn geest aan. "Kom bij ons terug. Kom terug op de wereld, pa." Ik hield zijn hoofd in mijn handen. Ik riep de kracht van de maan, de sterren, de zon en het hele universum aan. Ik riep God zelf aan. "Stuur mijn vader naar ons terug!"'
Hij kijkt neer op zijn handen, alsof hij daar nog het dode hoofd

van zijn vader ziet. Hij kijkt over het vuur heen naar mij en zijn ogen staan vreemd en verwilderd.
'Het is echt waar, Davie. Zo waar als wij hier vannacht samen in de grot zijn. Zeg dat je me gelooft.'
'Wat gebeurde er toen?'
'Eerst zeggen dat je me gelooft, en dan vertel ik het.'
Ik kijk terug. Hij wacht af. En ik zeg krankzinnige woorden die ik nog meen ook.
'Ja. Ik geloof je.'
'Ja!' hijgt hij. 'Ik hou m'n pa vast, roep hem terug, en ik voel het gebeuren, Davie. Ik voel het leven in hem terugkomen. Ik voel dat zijn geest aan het werk is. Ik voel iets van adem. Ik voel een zwakke hartenklop. En o, Davie, hij komt bij me terug en het is zo'n wonder... Dan wordt de deur ingetrapt en de ambulancemensen duwen me weg en beuken op mijn vaders borst in en hij is weer dood.'
Hij zucht.
'En ma heeft haar handen voor haar gezicht geslagen en slaat wartaal uit en kijkt naar me alsof ik de gek ben.'
En we kijken elkaar aan, en er valt een doodse stilte in de grot, en er is geen beweging meer, geen schimmigheid meer. Stephen Rose en ik zijn absoluut hier, in de grot, in de steengroeve, in de oeroude Braddocks Garden. En ik zie Stephen Rose vooroverbuigen en in het oor fluisteren van de man van klei op de grond.
'Toe dan. Kom op de wereld. Kom bij mij, bij Stephen Rose. Ik roep je. Leef, mijn schepsel. Beweeg.'
En ik zie de man bewegen. Zijn ledematen schokken, hij draait zijn hoofd om, en hij kijkt Stephen Rose recht in de ogen.

36

Wat had jij gedaan? Was je rustig op je knieën blijven zitten als er een klomp dode aarde voor je ogen tot leven komt? Had je op je knieën kalmpjes toegekeken hoe een man van klei zijn schouders recht en zijn nek strekt alsof hij zich uitrekt na een lange slaap? Zou je doodleuk hebben gezegd: 'Goed van ons, hè, Stephen Rose? Hebben wij geen verbluffende krachten?' Stephen is in extase. Hij zindert van uitzinnige blijdschap. Hij wijst met zijn ene hand omhoog naar de hemel, wijst met de andere hand omlaag naar onze schepping. Hij kermt, schreeuwt, bidt en zingt. En ik? Ik weet niet hoe snel ik moet wegkomen. Ik spring over die twee heen. Ik zomp door de kleivijver, worstel me door de steengroeve, door de meidoorn, door de vervallen hekken en sta op Watermill Lane onder de maan, omringd door zilverachtige daken, pikzwarte ramen, donkere tuinen, en over dat alles ligt de diepe duistere stilte van Felling. Ik verwacht dat ik zo meteen dood zal neervallen. Ik verwacht dat de aarde open zal scheuren en ik gegrepen zal worden door grauwe klauwen die me de diepte in sleuren naar de hel. Maar er gebeurt niets. Ik scheur het witte hemd van mijn lijf en gebruik het om mezelf schoon te vegen. Ik gooi het weg door het hek, de wildernis in, en dan ren ik alleen en verloren verder, hoor het geluid van mijn hollende voeten op vaste bodem, weerkaatsend tegen de slapende huizen. Ik prent me in dat ik me moet inprenten dat het een visioen of een droom is. Ik prent me in dat ik me moet inprenten dat niets van dit alles echt is gebeurd, maar dat ik al die tijd gewoon in bed heb gelegen en een denkbeeldige jongen die Davie heet denkbeeldige dingen heb zien doen met een denkbeeldig wezen in een denkbeeldige nacht. Ik prent me in dat

ik niet mag schreeuwen, dat ik niet meer moet kreunen en trillen. Ik prent me in dat morgen alles weer in orde zal zijn.
En dan wordt het morgen en ma roept onder aan de trap dat het tijd is om naar de kerk te gaan omdat ik de mis moet dienen. En ik was me, kleed me aan en ga naar beneden, waar ik er stom en bleek bij sta als ze me vragen of ik me wel goed voel.
'Ja!' snauw ik. 'Prima.'
En ze slaan hun ogen ten hemel, schudden hun hoofd, draaien zich om en beginnen samen te praten over een hond of zo.
'Een hond?' zeg ik.
'Ja,' zegt pa. 'Die arme hond van juffrouw O'Malley.'
'Boris,' zegt ma. 'Die lieve labrador van haar.'
'Blijkbaar heeft de een of andere rotzak hem vannacht doodgeslagen,' zegt pa.
'Arme Boris,' zegt ma. 'Arme juffrouw O'Malley.'
'Daar kan je toch met je verstand niet bij?' zegt pa.
'Hier in Felling nog wel,' zegt ma. 'Dat is toch niet te geloven?'
Ik ga het huis uit, op weg naar de kerk. Een schitterende ochtend. Geen zuchtje wind. Helder angstaanjagend doordringend licht. Mensen die zich over straat haasten, een en al vriendelijkheid en goedheid. 'Morgen Davie,' roepen ze als ze langskomen. 'Dag jongen,' terwijl ze me een schouderklopje geven.
Geordie en ik kijken elkaar niet aan, zeggen geen woord als we onze superplie en toog aantrekken.
'Alles goed met jullie?' vraagt pastoor O'Mahoney.
'Ja, meneer pastoor,' zegt Geordie.
'Mooi zo,' zegt de pastoor en hij draait zich om, buigt zijn hoofd en prevelt zijn gebeden.
Onder de mis heb ik steeds het gevoel dat ik ga flauwvallen, tegen de grond zal slaan. Bij de communie buig ik mijn hoofd en wil ik geen hostie ontvangen. Pastoor O'Mahoney fluistert: 'Davie?' maar ik knijp mijn ogen stijf dicht, hou mijn hoofd gebogen en weiger

de hostie. Ik hou het zilveren schaaltje onder de gezichten van vrienden, familieleden en buren die ik door en door ken, en mijn hand trilt als ik die gezichten zo argeloos naar ons zie opgeheven. Na de mis wil ik er meteen vandoor, maar pastoor O'Mahoney verspert me de weg.

'Hé, Davie,' zegt hij en zijn stem is zacht, vriendelijk.

'Ja meneer pastoor,' fluister ik.

'Is er echt niets, Davie?'

'Nee, meneer pastoor.'

'Voel je je blij?'

'Weet niet, meneer pastoor.'

Hij legt zijn hand op mijn hoofd.

'Het leven is prachtig,' zegt hij.

'Ja, meneer pastoor.'

'Maar het is nooit de bedoeling geweest dat het ook makkelijk zou zijn.'

'Nee, meneer pastoor.'

'Mooi zo.' Hij zucht, staart naar het plafond en denkt na. 'Ik meen dat je gisteravond niet bent komen biechten, Davie.'

'Nee, meneer pastoor.'

'Misschien moest je dat maar gauw doen.'

'Ja, meneer pastoor.'

'Ja, zegt hij. Mooi zo. Ga nu maar gauw je kameraad opzoeken.'

Ik ga de sacristie uit, de kerk door, de voordeur uit. Op het plein staan tientallen mensen te praten en te lachen. Ik wil ongemerkt tussen ze door glippen. Ik hoor Frances en Maria lachen. Ik hoor mam roepen. Ik probeer haar te negeren. Dan houdt iemand in mijn buurt opeens zijn adem in, en om me heen klinken ongeruste stemmen.

'Dood?' zegt iemand met gedempte stem. 'Dood?'

En dan staat mam naast me.

'Wat is er?' vraag ik.

'Iets verschrikkelijks. Er is een dode jongen gevonden.'
Ik doe mijn ogen dicht, adem niet meer, zeg niets.
'Zijn naam,' zegt ze, 'is Martin Mould.'

37

Voor ik het weet sta ik op Watermill Lane, tussen de mensen die zijn komen toestromen en nu verspreid onder de bomen staan, tegen een heg leunen, op banken en lage tuinmuurtjes zitten. Sommige mensen blijven op zichzelf, anderen staan in groepjes te roddelen. Ik ben op mijn eentje, onopgemerkt, doodsbang. Er staan twee politieauto's op de weg geparkeerd. Een agent houdt de wacht bij de ingang naar Braddocks Garden. Het zilver op zijn politiehelm glinstert in de zondagochtendzon. Hij staat met gespreide benen, gekruiste armen. Hij draait steeds zijn hoofd om en kijkt naar de wildernis. Daar zijn de andere agenten.

Ik wil schreeuwen: 'Haal ze daar weg! Het monster zal ze te grazen nemen, en jou erbij! Rennen! Rennen!'

Ik voel een por in mijn ribben. Ik draai me om. Geordie. Op zijn gezicht zijn de sporen van ons gevecht te zien.

'Dood!' zegt hij met gedempte stem.

Hij houdt zijn gezicht in bedwang. Hij balt zijn vuist en zet grote ogen op. 'Dood, Davie!' Hij laat een grijns doorbreken op zijn gezicht. Hij dempt zijn stem nog meer. 'Een droom die is uitgekomen, verdomd nog aan toe!'

Dan komen ma en pa naar ons toe en Geordie trekt zijn gezicht weer in de plooi.

'Blijkbaar hebben een paar jongens hem gevonden,' zegt pa. 'Het schijnt dat hij over de rand van de steengroeve is geslagen.' Hij gaat zachter praten. 'Er is zojuist een ambulance gekomen om zijn lichaam op te halen.'

'Over de rand geslagen?' vraag ik. 'Gevallen, bedoel je?'

'Dat moet wel. Het moet vannacht zijn gebeurd. Het idee is dat hij zich vol...'
'Arme ziel,' zegt mam.
'Ja. Gingen jullie veel met hem om?' vraagt pa.
'Als het aan ons lag niet,' zegt Geordie.
'Een vechtersbaas?' vraagt pa.
'Een bikkelharde,' zegt Geordie.
'Ik hoorde al zoiets,' zegt pa. 'En dan al dat zuipen voor een jongen van zijn...'
'Is hij gevallen?' zeg ik weer.
'Ja. Die arme jongen. Hij is gevallen.'
'Het was een grote griezel,' zeg ik.
'O ja?' zegt pa.
'Ja!' zeg ik. 'Absoluut!'
'Stil,' zegt ma. Ze legt haar arm om me heen. 'Geen kwaad spreken van de doden, Davie.'
'Het wordt in ieder geval het einde van Braddocks Garden,' zegt pa. 'Nu kan niets ze meer tegenhouden om de grond om te ploegen en er te gaan bouwen.'
We kijken allemaal naar de hekken.
'Het is altijd gevaarlijk terrein geweest,' zegt ma.
'En avontuurlijk,' zegt pa.
'Ja,' zegt ze. 'Avontuurlijk ook. Al vanaf dat wij... O, kijk!'
Er komt nog een politieauto aanrijden. Er komt een kleine, sloffende vrouw uit. Een politieagente begeleidt haar naar de hekken. Er wordt geroezemoesd in de menigte.
'Het is mevrouw Mould,' zegt ma. 'Ach, die arme ziel.'
De agente gaat met de vrouw de wildernis in.
'Ze wil zien waar het gebeurd is,' zegt ma. Er staan tranen in haar ogen. 'Dat is toch logisch?' Ze houdt me stevig vast, alsof ze me wil beschermen. Ik hou mijn adem in. Ik wacht op noodkreten. Ik verwacht dat ze elk moment doodsbang terug komen rennen met

het monster op hun hielen, maar er gebeurt niets, en overal om me heen neemt het medelijden en het geroddel toe.
'Arme ziel,' zegt ma weer. Ze draait zich om naar haar vriendinnen, praat weer fluisterend met ze. 'O!' zegt ze. 'Ja, nou. Het is zo'n intrieste geschiedenis.'
Ik kijk naar haar. Een intrieste geschiedenis? Met een bruut als Mouldy in de hoofdrol?
Ze klakt met haar tong, knikt, haalt haar schouders op.
'Iedereen in Pelaw weet ervan. Zijn vader werkte als lasser op de werf. Hij is te pletter gevallen in een scheepsruim, brak zijn nek en was bijna op slag dood. De strijd om schadevergoeding heeft jaren geduurd, zoals dat gaat in zulke gevallen. Ze hebben het ten slotte toch gekregen, een paar honderd pond, een schijntje in vergelijking met wat ze verloren hadden. Maar mevrouw Mould was toen al gebroken en uitgeput, de jongen groeide op voor galg en rad, ze had hem niet in de hand. Je weet nooit wat verdriet en verlies aanrichten in een gezin en in je hart. De jongen was al vroeg aan de drank. Kennelijk kon ze hem het geld ervoor niet weigeren. Hij was groot, sterk, zag eruit als een man en iedereen had genoeg met hem te doen, zodat veel mensen het door de vingers zagen. En nu is hij ook te pletter gevallen en is ze hem ook kwijt. En wat heeft ze nu nog, dat arme mens?'
We kijken naar de hekken. Er gebeurt niets.
'En ze zit er niet om te springen dat wij hier allemaal staan te koekeloeren,' zegt ma. 'Kom mee. We gaan naar huis.'
Ik blijf nog even staan kijken en wachten. Er gebeurt niets. De zon schijnt over de wereld, heel fel en helder. Ik buk en krab wat aarde los uit de berm. 'Beweeg,' prevel ik, en er gebeurt natuurlijk niets. Alles buiten deze ochtend op Watermill Lane lijkt denkbeeldig, onwezenlijk, een droombeeld. Ik probeer mezelf voor te houden dat de tragedie aan de overkant van de straat niets met mij te maken heeft. Mouldy was dronken. Hij is gevallen. En ik?

Ik probeer mezelf wijs te maken dat ik voor de gek ben gehouden, bedrogen ben, gehypnotiseerd, dat ik...
'Davie?' zegt ma.
'Ja.'
Ik laat het kluitje aarde op de grond vallen. Ik kom overeind en loop weg met haar en pa.
Crazy Mary staat bij haar tuinhek, met Stephen naast haar. Ze zet grote ogen op als we dichterbij komen.
'Die aardige misdienaar!' zegt ze. 'En zijn lieve moeder en vader.'
'Dag Mary,' zegt ma. Ze legt haar hand op Mary's onderarm. Mary straalt, verrukt. 'Gaat het goed met je, Mary?'
'Ja,' zegt Mary. 'Ik ben net wakker!'
Ze houdt ma's hand vast.
'Wat gebeurt daar allemaal?' fluistert ze.
'O, een beetje narigheid, Mary.'
Stephen kijkt me aan, doodrustig.
'En wij sliepen en wisten van niks,' zegt hij.
'Ja!' zegt Mary. 'Dat is toch niet te geloven? Ik ben net wakker!'
Er verschijnt een verbaasde uitdrukking op haar gezicht.
'En ik heb zo raar gedroomd!' zegt ze.
Ze doet haar ogen dicht en legt een hand tegen haar hoofd alsof ze de herinnering probeert te grijpen uit de duisternis binnenin.
'Een monster!' zegt ze. 'Ja! Er kwam een monster mijn huis in! Hihihi! Heus waar hoor!'
Ze doet haar ogen open, slaat haar hand voor haar mond en giechelt.
'Grote modderpoten door de hele gang! Hihihi! En nu slaapt hij in de schuur. Heus! Hihihi! Heus!'

38

’s Middags komen er twee politiemannen. Pa doet open, maar ze willen mij spreken. Hij brengt ze naar de kamer. De ene heet brigadier Fox, de andere agent Ground. Ze staan daar met hun helm onder de arm en hun opschrijfboekje en potlood in hun handen. Ze willen niet gaan zitten.
‘Goed, jongen,’ zegt brigadier Fox. ‘Een paar vraagjes en dan zijn we weer weg.’
‘Niets om je druk om te maken,’ zegt agent Ground.
‘Oké,’ zeg ik.
‘Vraag een,’ zegt brigadier Fox. ‘Kende je de overleden jongen?’
‘Een beetje,’ fluister ik.
‘Duidelijk praten, Davie,’ zegt ma.
‘Ja,’ zeg ik.
Ik sta te trillen. Vanbinnen schreeuw ik het uit.
‘Mooi,’ zegt brigadier Fox. ‘Vertel dan maar eens wat je van hem weet.’
‘Hoe bedoelt u?’ zeg ik.
‘Nou, wat voor jongen hij was. Wat hij zoal deed. Zijn... liefhebberijen, en zo.’
‘Zijn innerlijk zal ik maar zeggen,’ zegt agent Ground.
Ik haal mijn schouders op.
‘Weet niet,’ zeg ik.
‘Hij bleef liever uit zijn buurt,’ zegt pa.
‘Is dat zo?’ zegt brigadier Fox.
‘Ja,’ zeg ik. ‘Ik was...’
‘Wat was je?’ vraagt brigadier Fox.
‘Bang voor hem,’ zeg ik.

De politiemannen schrijven in hun boekjes.
'En wanneer heb je hem voor het laatst gezien?' vraagt brigadier Fox.
Ik graaf in mijn geheugen.
'Vrijdag. Na school. Buiten bij The Swan. Hij was...'
'Dronken?' vraagt agent Ground.
Ik knik. Ze zuchten en schudden hun hoofd. Ze weten het. Hij was zo vaak dronken. Ze fluisteren met ma en pa, kijken dan weer naar mij.
'Pestte hij je?' vraagt agent Ground.
'Soms,' zeg ik.
'Daarom bleef hij uit zijn buurt,' zegt pa.
'Klopt,' zegt brigadier Fox. 'We hebben met je maat George Craggs gesproken. Hij heeft ons al ingelicht. Goed,' zegt hij dan. Hij bladert in zijn notitieboekje. Ik verwacht dat ze nu over het geverfde witte hemd gaan beginnen, willen weten wat er vannacht in de grot is gebeurd, iets gaan zeggen over een monster van klei, vragen wat ik weet van een dode hond. Maar er gebeurt niets.
'Het is een heel triest geval,' zegt de brigadier.
Hij kijkt me strak aan.
'Is er nog iets wat je ons wilt vertellen?' vraagt hij.
'Feiten of indrukken die je belangrijk lijken?' vraagt agent Ground.
'Nee,' zeg ik.
Brigadier Fox raakt even mijn schouder aan.
'Trek het je niet aan,' zegt hij. 'Zulke dingen gebeuren. We groeien eroverheen. Misschien horen ze zelfs bij het...'
'... volwassen worden,' zegt agent Ground.
Pa brengt ze naar de deur. Ik hoor hem zeggen dat ik van het gevoelige type ben, maar dat ik er wel overheen kom.
Ma slaat haar armen om me heen.
'We zullen bloemen sturen aan Martins moeder,' zegt ze.
Ze rilt.
'Goddank is het ons bespaard gebleven,' zegt ze.

39

’s Nachts schrik ik wakker en word als door een magneet naar het raam getrokken. Ik schuif de gordijnen open en zie het monster. Daar is hij, beneden op straat. Hij staat onder een straatlantaarn en kijkt terug. Hij is reusachtig, een enorme donkere schaduw. Ik weet dat hij wil dat ik naar hem toe kom. Ik weet dat hij wil dat ik tegen hem spreek. Ik hoor een stem in mijn binnenste:

U hebt mij gemaakt, meester. Ik ben van u.

‘Ga weg!’ fluister ik. ‘Ik wil je niet!’

Hij verroert zich niet.

Wat wilt u van me, meester?

‘Niets! Rot op! Word weer van klei!’

Hij buigt zijn hoofd en loopt met zware stappen het licht uit en het donker in.

‘En blijf weg!’ fluister ik. ‘Spring in de kleivijver. Blijf weg en ga verdomme dood!’

40

De volgende ochtend staat Geordie me bij het schoolhek op te wachten. Hij doet alsof alles koek en ei is tussen ons, alsof we nooit gevochten hebben. Hij grijpt me vast en legt zijn arm om me heen.
'Een droom die is uitgekomen, verdomd nog aan toe!' zegt hij.
Ik ruk me los. Hij grinnikt.
'Ja ja,' zegt hij. 'Ja, het is rot en hij heeft een rotleven gehad en zo, maar dat verandert er niks aan dat hij een verdomde griezel was.'
'O nee?' zeg ik.
'Wees eerlijk, man. Was je ergens ook niet een tikje blij toen je het hoorde?'
'Nee.'
'Nee? Echt niet? We hebben het vanaf het begin gezegd – de wereld zou beter af zijn zonder hem. Zelfs Skinner en Poke zijn er blij om, al zullen ze het niet snel toegeven.'
'Hoe weet je dat?'
'Ik heb ze gisteren gezien. Ik zag het aan ze. Ze hielden maar net hun gezicht in de plooi. Zij hebben hem gevonden. Ze hadden een plan gemaakt om gisterochtend vroeg in de steengroeve bij elkaar te komen, ons op te wachten en aan te vallen. Mouldy moet er het eerst zijn geweest, toen het nog maar net licht was, en regelrecht over de rand zijn gedonderd.'
We lopen over het plein. Geordie haalt diep adem en heft zijn gezicht naar de stralende lucht.
'Het is een nieuwe wereld!' zegt hij en hij blijft stokstijf staan. 'Je snapt toch wel wat dit kan betekenen, Davie. Ja toch?'
'Wat dan?'
'Dat de vechtpartijen voorgoed voorbij zijn. We kunnen best

vriendschap sluiten met Skinner en Poke. Wordt de wapenstilstand een echte vrede. Komt er eindelijk eens een eind aan de oorlog tussen Pelaw en Felling. Zand erover. En alleen omdat er één gozer is doodgegaan. Niet gek toch?'
Ik loop door. Hij haalt me in en lacht.
'Nou ja,' zegt hij, 'het is nog maar de vraag of ik dat wel wil!' Dan balt hij zijn vuisten en we gaan naar binnen. 'Maar toch! Het is een droom die is uitgekomen – verdomd nog aan toe!'

41

De laatste les van de dag, en Prat heeft het weer op zijn heupen. Gezanik over klei en creativiteit, gebanjer door de klas, met dichte ogen, met open ogen die gericht zijn op de hemel, en de brokken klei en snoepjes die hem om de oren vliegen.
'Je kunt ook te ver gaan,' zeg ik als hij op volle toeren draait.
Hij knippert met zijn ogen en kijkt me aan.
'Wat, Davie?' zegt hij.
'Je kunt te ver gaan. Je kunt ook te véél verzinnen en maken.'
Hij loopt naar mijn tafel, buigt zich over me heen, opgetogen.
'Geef eens een voorbeeld, Davie?'
'Nou...' Ik kijk op mijn tafelblad. Ik struikel over gedachten, over woorden. 'Sommige dingen die we maken zijn...'
'Zijn wat?' spoort hij me aan.
'Sommige dingen die we maken zijn... dodelijk.'
'Precies!' Hij stompt in de lucht en tolt om zijn as. 'De dingen die we maken zijn soms – vaak – dodelijk van aard!'
Hij kijkt de klas rond, speurt langs de gezichten.
'Voorbeelden?' zegt hij.
'Geweren,' krijgt hij te horen.
'Kogels,' krijgt hij te horen.
'Vergif.'
'Zenuwgas.'
'Bommen.'
'Kernwapens.'
'De oorlog zelf.'
'Precies!' zegt Prat. 'Precies! Precies! Precies!'
Hij doet zijn ogen dicht. Hij klopt op zijn voorhoofd. We weten

dat hij op het punt staat iets te zeggen dat hij zelf geweldig diepzinnig vindt.
'Dat is het tegenstrijdige in de mens,' zegt hij. 'We zijn scheppende wezens. Maar onze liefde voor het scheppen gaat gelijk op met onze liefde voor vernietiging.' Hij legt zijn handen over elkaar, maakt een dubbele vuist: 'En die twee liefdes gaan hand in hand, net als mijn handen nu.'
Dan houdt hij een tijd zijn mond.
'Goddank,' zegt Geordie. 'Moest je hem nou per se voeren?'
Ik rol doelloos een brok klei over tafel. Ik zie dat Maria naar me kijkt en ze lijkt zo kil, zo afstandelijk. Ik kijk weg, het raam uit, het plein over. Het is een nevelige middag. Ik zie het monster bij het hek aan het einde van het schoolterrein. Hij grijpt de spijlen vast en kijkt naar me. Ik hoor zijn stem in mijn hoofd.
Meester, ik sta tot uw beschikking. Zeg me wat ik doen moet.
'Nee,' hijg ik.
'Wat heb jij?' zegt Geordie.
'Wat zullen we niet allemaal kunnen maken,' zegt Prat, 'als onze vaardigheden steeds groter worden? Welke monsterlijkheden zullen we dan maken?'
Ik zie mijn monster met grote stappen langs het hek lopen, op zoek naar een ingang.
'Ikzelf,' zegt Prat, 'ben een optimist. Ik geloof dat de goede krachten sterker zullen zijn dan de slechte.'
Het monster stampt naar de poort.
'Wat *heb* je?' zegt Geordie.
'Maar zou het zo kunnen zijn,' zegt Prat, 'dat aan alle scheppingsdrang een einde komt wanneer we iets maken dat zich tegen ons keert en ons vernietigt?'
Hij kijkt me indringend aan. 'Wat denk jij ervan, Davie? Zou dat soms het noodlot van ons mensen zijn – dat we ertoe gedreven worden onze eigen vernietiging te creëren?'

Ver achter hem is het monster bijna binnen het schoolhek.
'Weet niet, meneer,' zeg ik. 'Ik moet weg, meneer. Nu meteen.'
En ik schuif mijn stoel naar achteren, duw Prat opzij en zet het op een rennen.

42

Ik ren langs de rondweg. Ik ren het kerkhof op. Ik schuil bij de graven van de Braddocks. Ik bid. Ik wil de tijd terugdraaien, terug naar vroeger, terug naar de dagen die opeens zo lang geleden lijken, toen ik nog een doodgewone jongen was, de tijd voor Stephen Rose hier kwam, de tijd van voor het monster. Ik kijk naar de poort van het kerkhof, naar de schaduwen. Ik sta op de uitkijk naar het monster. Ik heb de pest aan mezelf, aan mijn zielige gedrag. Ik ga het kerkhof af en loop naar Crazy Mary's huis. Ik klop aan, maar er komt geen reactie. Ik kijk door het raam en zie Crazy aan tafel zitten, met wezenloze ogen voor zich uit starend. Weer klop ik. Stephen doet open. Hij laat me binnen.
'We wachten al een hele tijd op je,' zegt hij. 'Waar bleef je?'
Langs de roerloze Mary loopt hij voor me uit, de tuin in, de schuur in. Door het ruitje in het dak valt zonlicht midden in de schuur, en de randen en hoeken zijn in diepe duisternis gehuld.
Ik begin weer te beven.
'Wat moeten we doen?' zeg ik.
'Je bent er slecht aan toe, Davie,' zegt hij. 'Word eens kalm.'
'Ik heb hem gezien,' zeg ik.
'Wie?'
'Het monster. Hij kwam vannacht naar me toe.'
'Dat zul je je wel verbeeld hebben, Davie.'
'En hij was vanmiddag bij school.'
'Dat kan niet kloppen.'
'Echt, Stephen. Het is waar. We hebben het echt gedaan. We hebben echt een monster in het leven geroepen.'
'Dat weet ik, Davie. Want kijk – hij is al die tijd hier bij mij geweest.'

En hij gebaart met zijn hand naar een hoek en nu zie ik daar het monster staan: doodstil, met gesloten ogen, met reusachtige spierbundels, met een hoofd dat tot aan het plafond komt.
Stephen grijnst.
'Zeg je maaksel eens gedag, Davie.'
Ik ga het stralende licht uit, ga de schaduw in, ga naast het monster staan.
'Je hebt er nog een gemaakt,' zeg ik.
Ik durf hem aan te raken – bitterkoud, zo koud als klei.
'Nee, Davie. Dit is hem. Hij is met me mee teruggekomen uit de steengroeve. Hier is hij veiliger.'
Ik raak de enorme handen van het monster aan. Ik stel me voor hoe ze om Mouldy's nek geklemd hebben gelegen.
'Wat is er met Mouldy gebeurd?' vraag ik.
'Hij is dood, Davie. Hij is gevallen.'
'Gevallen?'
'Wat anders?' De glimlach speelt over zijn gezicht. 'Het is altijd een onhandige boerenlul geweest.'
Hij komt bij me in de schaduw staan.
'Onze schepping is nu tussen leven en dood,' zegt hij. 'Hij is nu inactief. Alleen omdat wij het willen en in hem geloven brokkelt hij niet af om weer als klei in de grond te verdwijnen. Wij moeten hem bevelen geven, Davie. Wat zullen we hem laten doen?'
'Niets,' fluister ik.
'Misschien moeten we hem in ieder geval een naam geven.'
'Klei,' fluister ik.
'Dat kan ermee door. Hallo, Klei.'
'Hallo Klei,' fluister ik.
'Goed zo, Davie. En nu, Davie, moet je hem een opdracht geven.'
U bent mijn meester, hoor ik. *Wat moet ik doen*?
'Niets,' fluister ik.
'Niets betekent dat hij weer afbrokkelt en een hoop aarde wordt.

Niets wordt zijn einde.'
De stilte en rust zijn zo diep als de eeuwigheid. Buiten ons drieën, buiten deze schuur, is er niets.
'Wat ben jij voor iemand?' fluister ik.
'Ik?' zegt Stephen.
'Ja, jij.'
'Ik ben net zo'n gewone jongen als jij.'
'Meer niet?' zeg ik.
'Wou je soms zeggen dat *ik* het monster ben?'
Ik staar hem aan. Hij lacht.
'En wat ben *jij* dan?' zegt hij.
'Gewoon,' fluister ik. 'Een doorsnee jongen.'
'Een jongen die wonderlijke dingen kan doen. Stel me niet teleur, Davie. Kalmeer.' Hij laat zijn hand voor mijn ogen heen en weer gaan. 'Geef je schepping een opdracht, Davie.'
Meester. Wat moet ik doen?
Ik staar naar dat onthutsende ding. Ik kan hem niet weerstaan.
'Beweeg,' zeg ik zacht. 'Leef, Klei. Beweeg.'
En ik voel dat het wezen weer het leven in wordt getrokken. En ik voel hoe de geest in hem wakker wordt.
'Leef,' fluister ik. 'Leef.'
En hij deint zacht heen en weer en draait me zijn gezicht toe.
Geef me een bevel, meester.
En deze keer ren ik niet weg, maar ik kijk hem recht in zijn ogen, en ik pers er een woord uit:
'Loop.'
En het monster loopt door de schuur, door het felle licht onder het raampje naar de schaduw aan de overkant.
'Draai je om.'
En het monster draait zich om.
'Loop.'
En hij loopt door de lichtbundel terug naar de schaduw en komt

naast me staan. En Stephen Rose lacht alsof het allemaal één grote grap is.
Dan pakt hij een hard geworden engelenbeeldje en houdt het voor zich uit.
'Pak aan, Klei,' zegt hij.
En het wezen pakt het beeldje.
'Maak het kapot,' zegt Stephen.
En het monster vermorzelt de engel tussen zijn enorme handen, en stof en brokjes klei vallen als kruimels op de grond, en Stephen lacht en lacht maar.

43

'Wees stil, Klei,' zeg ik en het monster beweegt niet meer. Hij staat naast ons in de schaduw. Ik raak hem aan, buig naar hem toe. Vanbinnen beweegt niets.
'Het bestaat niet,' fluister ik.
'Het bestaat echt, Davie. Kijk naar onze schepping. Klei leeft. Klei beweegt. Dat kun je toch niet ontkennen?'
'Toch kan het niet waar zijn.'
'Misschien zei God dat ook tegen zichzelf,' zei Stephen, 'op de ochtend dat hij ons maakte. Hoe bestaat niet! Dat kan toch niet waar zijn! Maar zijn schepping stond op van de grond en God schrok van zijn eigen krachten. En zijn schepping liep. En zijn schepping durfde God recht aan te kijken. En God zag slechtheid in de ogen van zijn schepping. En het zat God niet lekker. Hij zei tegen zichzelf: "Misschien heb ik wel een vreselijk monster gemaakt. Welke gruwelen laat ik hiermee los op mijn prachtige wereld?" Maar het was te laat. Het was al gebeurd.'
Ik raak ons koude schepsel aan. Hij wacht weer op onze bevelen.
'Hij had ons ongedaan kunnen maken,' fluister ik. 'Hij had ons kunnen vernietigen.'
'Ja, dat had gekund. Hij zei zelfs dat hij dat wilde. Ken je die verhalen nog? De mensen die hij maakte waren kwaadaardig, het liep helemaal fout, ze maakten van de wereld een puinhoop. God werd stapelgek van ze. Hij zat vol woede en wraakzucht. Hij stuurde zondvloeden, branden en plagen. Maar die God, die was gewoon te goed om waar te zijn.'
Ik huiver. Ik kijk hoe stofdeeltjes eindeloos door het licht dwarrelen.

'Hij hield van ons, snap je?' zegt Stephen. 'Hij vond ons gewoon helemaal fantastisch. Hij stuurde wel dood en verderf, maar hij kon zichzelf er niet toe krijgen ons allemaal te vernietigen. Hij spaarde altijd een paar mensen.'
'Zoals Noach en zijn familie.'
'Die bijvoorbeeld, ja. En nog een paar anderen werden gespaard om ervoor te zorgen dat alles nog goed kwam. Had-ie gedroomd, hè? Algauw werd hij weer stapelgek van wat er allemaal gebeurde. Stuurt-ie het hellevuur en de vreselijkste plagen, maar het helpt allemaal geen ene moer en eeuwenlang wordt-ie er steeds gekker van tot hij zomaar op een dag zegt: "Oké, nou is het genoeg. Ik ben weg."'
'Weg?'
'Ja. Hij is 'm gepeerd, Davie. Hij heeft ons aan ons lot overgelaten. Rond 1945, denk ik.'
'1945?'
'Beetje eerder nog misschien. Je weet wel: oorlog, concentratiekampen, gasovens, atoombommen, noem maar op. Genoeg om voor op de vlucht te slaan.'
Ik raak de wang van het schepsel aan. Ik hoor zijn stem in mijn binnenste.
Ik sta tot uw beschikking, meester. Zeg me wat ik moet doen.
Stephen lacht. Hij wijst naar de lucht. Die is helder en strakblauw achter het ruitje.
'Weet je nog dat ze ons wijsmaakten dat God hoog in de lucht was, Davie? Heb jij hem daar wel eens gezien?' Hij legt zijn hand op zijn borst. 'Weet je nog dat ze ons wijsmaakten dat je hem in je hart zou vinden? En héb je hem daar gevonden? Nou? Eerlijk zeggen. Heeft-ie wel eens een gebed van jou verhoord?'
Ik haal mijn schouders op. Ik leun tegen onze man aan.
'En in de kerk? Heb je hem wel eens naast je op het altaar gezien?'
'Maar...' zeg ik.

'Hij is weg. Er is alleen maar leegte, Davie. Leegte, stilte, niksigheid, en zo zal het altijd blijven. Misschien is hij er vroeger wel geweest, maar vandaag de dag, joh, man, is het alleen nog maar één grote truc.'
'Maar de kracht van God dan? Het lichaam en het bloed? Je zei zelf dat we die nodig hadden.'
'Hadden we ook.' Hij komt dicht bij me staan. Zijn adem gaat over me heen. Wij drieën – Stephen, ik, Klei – staan dicht bij elkaar in de schaduw. 'Maar vooral jij had ze nodig, Davie. Ik heb die stomme rommel erin gestopt omdat het jou hielp in hem te geloven. De kracht waarmee dit ding is gemaakt kwam van jou en mij, en God was nergens te bekennen. We staan er alleen voor, Davie. En dat geeft niks. Wij hebben nu zelf die kracht.'
Hij grinnikt, en zijn gezicht raakt bijna het mijne.
Ik hoor Klei.
Meester, zeg me wat ik doen moet.
'Maar de engel dan,' zeg ik.
'Welke engel?'
'De engel op het strand van Whitley Bay. De engel die...'
'Hahahahahaha! Geloofde je dat *echt*? Hahahahahaha!'
Ik staar hem aan. Hij wrijft de tranen van het lachen uit zijn ogen.
'Je bent nog erger dan ik dacht, Davie,' zegt hij. 'Dat heb ik toch zeker verzonnen.'
'Maar ze...'
'Je bent gewoon een wereldwonder, Davie. Wat ben jij naïef.'
Meester! Wat moet ik doen?
'Pak hem, Klei,' zeg ik zacht. Het monster doet zijn ogen open. Ik voel het leven in hem wakker worden. 'Doe iets,' zeg ik. Hij draait zich naar Stephen. Hij heft zijn handen. 'Doe die rotzak iets!' zeg ik. En Klei doet echt een stap naar voren, en Stephen doet echt een stap achteruit, maar hij lacht nog steeds. Hij steekt zijn hand op en zegt: 'Stop,' en Klei verroert zich niet meer.

'Zie je?' zegt Stephen. 'Je zou je maker nooit kwaad doen, hè Klei?' Hij grinnikt naar me.
'Je wilde Martin Mould niet eens kwaad doen, hè Klei?'
'Martin Mould?' fluister ik.
'Martin Mould, Davie. Zal ik je vertellen wat er echt is gebeurd met jouw dierbare dode Martin Mould?'
Ik lik langs mijn lippen. Ik kijkt Stephen recht in de ogen.
'Hij is gevallen,' fluister ik. 'Dat zegt de politie zelf. Skinner en Poke zeggen het ook.'
'Ja. Hahahaha! En ik heb het ook gezegd, hè Davie? Nou, zet je oren maar wijd open, want nu ga ik je de echte waarheid vertellen – en het mooie is, niemand behalve jij zal ooit geloven dat die waarheid echt waar kan zijn.'

44

'Jij nam de benen, Davie. Dat is te begrijpen, man. Je had nooit gedacht dat er echt iets zou gebeuren, hè? Nooit van je leven. Of misschien wel, maar toen het zover was werd het je allemaal te veel. Dus ging je ervandoor. Ik persoonlijk was er klaar voor. Ik ben er al jaren klaar voor. Ik weet nog dat ik toen ik nog klein was tegen m'n moeder zei: als ik groot ben word ik een god. Daar moest ze om lachen. Eerder een duivel, zei ze. En dan kreeg ik een zoen op mijn wang. Mal jochie van me, zei ze dan. Malle kleine Stevie. Ha! Ik denk dat ze toen al gestoord begon te raken. Wat denk jij, Davie?'

'Weet niet.'

'Tja, hoe kan jij dat ook weten? Jij en ik komen uit andere werelden, Davie. Zo'n braaf knulletje als jij zou het nooit in zijn hoofd halen om net als God te willen zijn. En zo'n leuke moeder als die van jou zou nooit aanleg voor waanzin hebben. Heb jij wel eens het idee gehad dat je moeder krankzinnig was, Davie?'

Ik schud mijn hoofd.

'Precies, Davie.' Dan bekijkt hij me een tijdje zwijgend. 'Heb je wel eens het idee gehad dat je zélf krankzinnig was, Davie?'

Weer wil ik nee schudden, maar ik aarzel. Ik kijk naar Stephen, naar Klei, naar de lege hemel, en de gebeurtenissen van de laatste dagen roeren zich in mij en in de schaduw als spoken en dromen. Ik wil weer wegrennen, terug naar huis, om het daar uit te schreeuwen. Stephen geeft zelf antwoord op zijn vraag.

'Nu voor het eerst, hè Davie? Pas toen God verdwenen was en Stephen Rose en Klei kwamen opdagen. Geeft niks. Gaat ook wel weer over. Haha!'

Hij port zacht in mijn borstkas.
'Of misschien ook niet,' zegt hij. 'Misschien blijft het voor eeuwig en altijd zo... En op je sterfbed vraag je je dan misschien wel af: "Ben ik gek geworden toen Stephen Rose kwam? Is alles wat daarna kwam alleen maar een rottig waanbeeld geweest?"'
Ik merk dat ik dicht tegen Klei sta aangeleund, dat mijn schouder steun vindt tegen zijn borst.
'Maar goed, je nam dus de benen,' zegt Stephen. 'Kan ik inkomen. Je deed precies hetzelfde als wat God deed, alleen een beetje vlugger. Jij liet er geen gras over groeien en wachtte niet tot je schepping er een puinhoop van had gemaakt. Eén blik was voor jou genoeg, hè? Ik smeer 'm! Ik ga weer lekker naar bed!'
Hij lacht.
'Achteruit jij,' zegt hij tegen Klei, en Klei recht zijn rug en trekt zich terug in de schaduw. Stephen geeft een klopje op zijn arm. 'Ja, zo,' zegt hij. 'Brave jongen. En nu stil blijven staan.'
Ik volg Klei dieper de schaduw in. Hij is koud, maar hij beweegt zijn arm om het me makkelijk te maken, bijna alsof hij me vasthoudt.
Steun op mij, meester. Zeg wat ik doen moet.
'Trouwens,' zegt Stephen, 'ik heb achter je kont opgeruimd. Heb het priesterhemd uit die doornen gevist. Mee teruggenomen hierheen. Wel zo goed, hè? Had als bewijsstuk kunnen dienen.'
'Bewijsstuk waarvoor?'
'Nou, als ze ooit op het idee zouden komen om jou in verband te brengen met wat er is gebeurd.'
Hij lacht.
'Maak je niet dik, man,' zegt hij. 'Jij lag die nacht gewoon in je bed, net als ik. Die hond? Dat zal Mouldy wel gedaan hebben, of een andere idioot die midden in de nacht op pad was. Kleimonster? Grote onzin. En Mouldy? Nou ja, die is gewoon gevallen, of niet dan? Kan niet anders. Alleen is hij niet gevallen, Davie.'

Hij glimlacht. Ik zeg niets. Klei legt zijn andere arm om me heen.
Steun op mij, meester.
Stephen kijkt naar ons.
'Aaaah,' zegt hij. 'Wat lief. Maar goed, ik hoorde geplons in de vijver en gekraak van takken toen je hem smeerde, Davie. Ik lette er niet zo op. Ik had mijn handen vol aan de klus om die mooie kerel daar verder tot leven te wekken. En misschien maakte het geen donder uit dat je weg was. Jij had al genoeg gedaan. Het was me zonder jou nooit gelukt.'
Hij zwijgt even, glimlacht, denkt na.
'Dat is zo, Davie,' zegt hij. 'Ik had het nooit in mijn eentje gekund. Ik weet nog goed dat ik je voor het eerst op het kerkhof zag. Daar stond je dan in je toog en superplie. Die lijkt me er wel geschikt voor, dacht ik nog.'
Hij grinnikt. Hij grijpt een klomp klei. Hij drukt er met zijn vinger ogen in, neusgaten, een mond. Hij laat de klei in de lucht heen en weer dansen.
'Hallo,' piept hij. 'Hallo, Davie.' En hij lacht. 'Weet je nog, Davie?' zegt hij. 'Weet je nog dat je terug groette. Joh, dat was me wat. Die jongen is een geschenk uit de hemel, dacht ik nog. Doodgewoon joch, doodonschuldig, dodelijk grote fantasie. Precies wie ik nodig heb.'
Hij drukt de klei in elkaar en legt hem weer neer. Ik sla hem gade. Ik bal mijn vuisten. Ik wil met hem vechten, hem vermoorden, maar ik kan me niet verroeren terwijl ik zijn verhaal aanhoor.
'Dus,' zegt hij, 'jij was weg, je holde door de modder en de bomen terug naar je mammie en pappie en je bed. En intussen hijst ons maaksel zich op van de grond in de grot alsof hij zeggen wil: "Daar ben ik, meester. Wat moet ik voor u doen?" En daar staat hij en hij is zo verdomde mooi dat ik denk, vooruit, we gaan een stukje lopen om elkaar te leren kennen en dan zien we wel wat ervan komt. Dus gaan we op weg als een stelletje uitgelaten kinderen.

En het is zo'n mooie avond. Heb je dat wel gemerkt, Davie? Die grote, ronde, felle maan en die geweldig heldere lucht? Maar misschien had je andere dingen aan je kop. Dus wij die grot en de steengroeve uit en de wildernis in. En ik zeg: sta stil, loop, draai je om, en ik leer hem van alles en ik kan niet geloven dat het echt gebeurt, maar het gebeurt echt. En het wordt later, het wordt al bijna ochtend, en ik begin aan de volgende dag te denken en hoe ik die gozer moet verstoppen. Dan hoor ik iemand aankomen. "Stop," zeg ik. "Hierheen." En we zoeken dekking onder een boom en voor ik het weet komt-ie eraan. Mouldy. Ik geloof m'n ogen niet. Maar het is hem. Ik zie zijn grote gore silhouet. Daar komt-ie, stampend door het lange gras en het onkruid, recht op me af. En nee, ik kan gewoon niet geloven dat ik zoveel geluk heb.' Hij zwijgt en denkt na. 'Gek hoe Mouldy toevallig altijd in de buurt was als ik hem nodig had. Weet je nog hoe hij jou die dag naar mijn deur joeg?'
'Ja,' zeg ik.
'Ja. Ha, het lijkt wel alsof-ie toch z'n nut had. Gek hè...? Maar goed, daar komt-ie dus. Hij kan ons natuurlijk niet zien. Hij zou domweg voorbij zijn gelopen. Maar zoals ik al zeg, het lot wil anders. Dus kom ik onder die boom vandaan en zeg: "Hé, Mouldy." Hij valt zowat ter plekke dood van schrik, maar meteen daarna doet-ie weer stoer. "Wie is daar?" grauwt-ie. "Ik," zeg ik, "Stephen Rose." En ik zie zijn ogen glanzen in het maanlicht. "Stephen Rose, jij godvergeten hufter," gromt-ie, en hij komt op me af en zegt wat-ie wel eens even met me zal doen. "O," zei ik, "en m'n monster is er ook," en ik draai me om. "Kom er even bij," zeg ik, en daar komt die reus onder de boom vandaan, en Mouldy valt voor de tweede keer bijna ter plekke dood... Eén ding moet ik hem nageven, die Mouldy slaat niet op de vlucht zoals negen van de tien lui zouden doen. Hij houdt stand, balt zijn vuisten. Misschien was Martin Mould echt een spijkerharde. Maar als je het mij vraagt, was-ie

vooral zo stom als het achtereind van een varken... "Dat daar is onze vijand," zeg ik tegen Klei, en ik zeg: "Je moet onze vijand kapotmaken," en daar gaat meneer Klei op meneer Mould af. Die Mouldy gaat er natuurlijk niet in dolle paniek schreeuwend vandoor. Dat zou veel te laf zijn voor zo'n stoere gozer als hij. Hij schuifelt achteruit, langzaam. En onze man is geen hardloper, om eerlijk te zijn. Maar hij ziet eruit alsof hij het meent, en hij gaat op Mouldy af. "Maak hem dood," zeg ik. "De vijand moet dood. Maak hem dood!" En ik moet lachen om Mouldy's smoel dat lijkwit is in het maanlicht. En algauw is hij zo ver achteruitgelopen dat-ie niet verder kan. Hij staat op de rand van de steengroeve, en zelfs die spijkerharde Mouldy is intussen schijtensbenauwd geworden en kan niet meer voor- of achteruit. "Wat is dat?" hijgt hij. "Dat is mijn monster," zeg ik. "Mooi hè?" zeg ik. "Zeg hem eens netjes gedag," zeg ik. Ik wacht, maar Mouldy zegt geen stom woord. Staat maar te kermen en te jammeren. "Oké," zeg ik, "dan gaat mijn monster je nu kapotmaken." En ik zeg tegen Klei: "Maak hem dood! Gooi hem over de rand!"'

Stephen zwijgt even. Hij steekt zijn hand omhoog en streelt Kleis wang.

'Arme kerel,' zegt hij. 'Dat maakte je in de war, hè, Klei? Dat ik steeds riep: "Maak hem dood!" en Mouldy intussen als een klein kind riep: "Niet doen! Genade!" Ha. Misschien komt het omdat je twee makers hebt. Als je alleen van mij was geweest, had je vast niet geaarzeld. Maar er zit te veel van Davie in je...'

Ik leun tegen Klei aan.

'Heeft hij het niet gedaan?' vraag ik.

'Hij kon het niet. Maar dat maakte niet uit. Mouldy was intussen al een jammerend wrak. Ik legde m'n hand midden op zijn borst. En ik zeg: "Dit is voor Davie en zijn maat."'

'Voor Davie en zijn maat?' hijg ik.

'Ja, tuurlijk, Davie. Ik geef hem een zet en hij slaat als een lap-

penpop achterover. Een dreun, een gil, een smak. Dag Mouldy.'
Hij lacht om mijn stilte. Ik doe mijn ogen dicht. Ik wil niets denken, niets voelen.
'En ik en Klei,' zegt Stephen, 'lopen naar huis en zijn er nog net voor het licht wordt.'
Hij lacht.
'We zullen hem africhten, ja? Maak hem kapot!'
Ik doe mijn ogen open. In Kleis vuist zit weer een engel. Hij vermorzelt het beeldje en brokjes klei en stof kruimelen over me heen.
'Zie je?' zegt Stephen. 'Hij leert het nog wel. Maak alles kapot, Klei! Hahaha!'

45

De lucht is niet stralend meer. De grens tussen het licht en de schaduwhoeken vervaagt. Ik sta met Klei in de vallende schemering. Hij houdt me vast. Ik zoek steun bij dat onmogelijke wezen. Ik voel de kille kracht in hem en ik wil hier bij hem blijven. Ik wil niet naar buiten, de kou in, de koude waarheid in van Mouldy's dood en mijn rol daarin. Ik wil niet terug naar de werkelijkheid van ouders, politiemensen en priesters. Buiten is alles me even vreemd. Geordie, Maria, Prat Parker, het lijken allemaal personen uit een verhaal, figuren uit een andere wereld.

Stephen glimlacht. Hij laat zijn hand voor mijn ogen heen en weer gaan. Hij weet wat er door me heen gaat.

'Vroeger was alles zo makkelijk, hè Davie?' zegt hij. 'En nu gebeuren er zulke bizarre dingen. En misschien is dit nog wel het gekste van alles – dat geen mens ter wereld je nu nog kan begrijpen, behalve ik, Stephen Rose.'

Hij geeft eerst mij een klopje op mijn schouder, daarna Klei.

'Zit er maar niet over in,' zegt hij. 'Kom, we gaan naar binnen. We gaan boterhammen met jam eten en zorgen dat je je weer goed voelt voor je naar huis gaat. Klei, ga liggen en blijf daar tot Davie en ik iets van je willen.'

Klei haalt zijn armen van me af. Hij gaat plat op de grond langs de schuurmuur liggen. Ik hurk naast hem, raak hem aan. Vanbinnen is er niets. Er is niets dan klei, in de vorm van een man.

We gaan de schuur uit en lopen over het paadje door het hoge gras naar Crazy's keuken. Stephen duwt me naar binnen. Hij gaat het andere vertrek in. Ik hoor zijn woorden: 'Vijf, vier, drie, twee, een,

wakker worden Mary!' en niet veel later staat ze naast hem in de deuropening.
'De aardige misdienaar is er,' zegt Stephen.
'O, ja,' zegt Mary. 'Wil je een boterham met jam?'
Ik geef geen antwoord. Ze begint op een brood in te hakken.
'Ik moet weer in slaap zijn gevallen,' zegt ze. 'Het is een en al slapen en wakker worden vandaag de dag. Ik kan gewoon niet meer volgen wat er gebeurt.'
'U heeft uw slaap nodig, tante Mary,' zegt Stephen.
'Dat is zo,' antwoordt ze. 'En als ik slaap komen de engelen met al hun boodschappen en verhalen, dus het kan best een zegen zijn.'
Weer hakt ze een homp af.
'Heb je wel eens een engel gezien, jongen?' vraagt ze.
Ik schud mijn hoofd.
'Heb je wel eens een monster gezien?'
Weer schud ik van nee.
'Ik heb er een gezien in...' zegt ze.
'Tante Mary!' zegt Stephen.
'Ja, jongen?'
'Dat heb ik nou al duizend keer gezegd. Er zijn geen monsters.'
'Geen monsters?'
Hij laat zijn hand voor haar ogen heen en weer gaan.
'Die rotmonsters bestaan niet,' zei hij. 'Of wel soms?'
'Of wel wat?' zegt ze.
'Bestaan er monsters, tante Mary?'
Ze giechelt.
'Monsters?' herhaalt ze. 'Natuurlijk bestaan er geen monsters.'
Ze smeert margarine en jam op de dikke sneden brood.
'Maar engelen bestaan wel,' zegt ze.
'Ja,' zegt Stephen. 'Engelen wel.'
'En die zijn lief.'
'Ja. Erg lief.'

Ze schenkt thee voor me in, schuift brood met jam naar me toe.
'Eet,' zegt ze. 'Eet en drink.'
Ik kan het niet.
'Je moet,' zegt ze. 'Onze-Lieve-Heer heeft deze spijs gezegend.'
Ze kijkt hoe ik aan de korst knabbel, reikt dan over tafel en legt twee vingers tegen mijn voorhoofd. Lachend duwt Stephen haar hand weg, maar op het moment dat haar koude droge vingertoppen op mijn huid lagen voelde ik de troost die ze gaven. Ik kijk in haar verdwaasde ogen en probeer door de gekte heen te zien wat er in haar binnenste leeft. Ze knippert met haar ogen.
'Tante Mary!' zegt Stephen bevelend.
Ze zit stil. Ik sta op. Stephen gaat me voor naar de deur.
'Je moet doen alsof alles heel gewoon is,' zegt hij. 'We hebben samen grote dingen te doen, jij en ik en Klei.' Hij laat zijn hand voor mijn ogen heen en weer gaan.
'Je moet aan hem blijven denken,' zegt hij. 'Hou hem in je gedachten levend. Alleen dan kan hij op de wereld bestaan. En hou je kalm.'
Ik ben meer dan kalm, ik ben doodstil, verstomd. Het is alsof alle kracht en energie uit me zijn weggestroomd.
'Kom morgen terug, Davie,' zegt hij.
Hij doet de deur open. Ik adem de buitenlucht in. Ik ga de wereld weer in en algauw zie ik Maria.

46

Langzamerhand is het alsof ik mezelf niet meer ben. Het is alsof ik geen eigen wil meer heb, geen doel, alsof iets anders me door de wereld stuurt, alsof elke voetstap bestuurd wordt door iets ver buiten mij om. De sperwer cirkelt door de witte lucht boven Braddocks Garden. De bomen zijn zwarte etsen, huizen zijn muren die dreigend opdoemen. De rondweg is een verre dreunende motor. Maria zit op een bankje als een levenloos ding, een mooie pop met een wit gezicht die zomaar is achtergelaten op de lichtgroene houten latten boven de lichtgroene grassprieten. Als ik langs haar loop, staat ze van het bankje op. Haar mond gaat open en er komen woorden uit, maar ik weet niet welke. Ze grijpt mijn schouders en trekt aan me. Haar witte gezicht is dreigend dichtbij.

'Wat is er aan de hand?' sist ze.

Ik probeer te praten, maar er komen geen woorden.

Ze schudt me door elkaar. Ze noemt mijn naam.

'Al die praatjes die er gaan over jou en Stephen Rose,' zegt ze. 'Ik weet dat het onzin is. Maar ik weet ook dat er meer achter zit, Davie.'

Ik kreun, stamel wat, probeer een zin te vormen.

'Ik geloof je heus wel, Davie. Vertel me wat er aan de hand is.'

'Klei leeft,' zeg ik ten slotte.

Ik pak haar handen vast.

'Wat bedoel je?' vraagt ze.

Ik grijp haar handen stevig vast.

'Klei leeft,' hakkel ik. 'Klei beweegt. We hebben hem gemaakt, Maria.'

'Hem?'

'Hem. En hij...'
'Hij wat, Davie?'
Ik kijk in haar ogen die vol vertrouwen zijn.
'Niks,' fluister ik.
'Kan ik niet zeggen,' fluister ik.
'Ik moet weg,' fluister ik.
Ik laat haar handen los. Ik loop door. Ze haalt me in. Ze kust me.
'Je kunt alles tegen me zeggen,' zegt ze. 'Ik zal alles geloven.'
Ze laat me gaan. Soms hoor ik haar onder het lopen achter me. Ik loop door de vertrouwde straten en lanen, en met elke stap die ik zet komen ze me onbekender voor.

47

En thuis kijken ze op als ik binnenkom, en mijn moeder zegt dat ik laat ben en ik buig mijn hoofd en mompel sorry. En mijn vader kijkt uit het raam, ziet daar een meisje en zegt: 'Aha! Vandaar!' En ze glimlachen allebei. En ik lach mee. En het meisje gaat weg. En we eten samen en ze vragen niet al te ver door, en bij wat ze vragen lukt het me een antwoord te brommen waar ze blijkbaar genoegen mee nemen. En ik ga naar mijn kamer, sla een boek open en leg het op tafel vlak voor mijn ogen, en ik staar naar de bladzijden maar zie er niks van, en mijn hoofd is leeg, en het wordt later en donker en ik word weer naar beneden geroepen om iets warms te drinken met mijn ouders, en we zeggen welterusten en ik word weer naar mijn kamer gestuurd en lig op bed, en het niks wordt steeds dieper en het donker wordt steeds dieper, en ik ben echt mezelf niet meer, ik ben echt verdwenen, ik ben niet meer op deze wereld. Geen gedachten geen gevoelens geen gebeurtenissen geen dromen, niks dan niks niks en nog eens niks, en vanuit die niksigheid klinkt er ineens een stem.
Meester. Hier ben ik.

48

Daar is hij, beneden op straat onder het licht van de lantaarn, met een groot rond gezicht naar me opgeheven, armen die langs zijn lijf hangen, enorme voeten stevig op de stoep geplant.
'Klei,' fluister ik bij mezelf.
Ik ben er, meester.
Ik merk dat ik mijn kleren nog aanheb. Ik ga het huis uit. Ik ga naar hem toe. Zijn hoofd draait schokkerig mijn kant op. Zijn gezicht is zonder uitdrukking, zijn woorden zijn vlak.
'Klei,' zeg ik zacht.
Zeg me wat ik doen moet, meester.
Ik staar naar hem. Hoe zou *ik* bevelen kunnen geven?
'Loop maar gewoon mee,' zeg ik.
Ik leid hem het licht van die ene lantaarn uit. Hij sjokt naast me voort als een reusachtig, trouw huisdier. We lopen zwijgend verder, in diepe duisternis gehuld, en dan vind ik mijn stem terug, een doffe domme stem.
'Dit is Felling,' zeg ik als we op weg gaan langs de huizen en tuinen omdat ik hem mijn wereld wil laten zien. 'Dit is het stadje waar ik geboren ben. Hier woon ik.'
We gaan heuvelopwaarts naar het bovendeel van de stad, door Chilside Road, Rectory Road en Crowhall Lane, Felling Bank op.
Geen sterveling te bekennen. Bijna nergens licht. De maan is vaag achter een sluier van wolken. Ik noem namen onder het lopen.
'Daar wonen de Hagans. Douggie zit bij mij in de klas. Zijn zus heet Catherine. Dat is het huis van de Wilsons. Meneer Pew de parkwachter woont in dat bovenhuis daar. Vincent Grant, Eliza-

beth Grant, Aloysious Thomas Grant. De familie Flynn. De familie Minto. De Dougalls. De Carrs.'
Hij reageert niet. Ik blijf naar hem kijken. Ik blijf mezelf voorhouden dat hij er niet echt is, dat hij er niet echt kan zijn. Maar hij is er, en hij loopt naast me. Ik laat mijn hand langs de zijne glijden, om me ervan te overtuigen dat hij er is. Als ik ophou met praten hoor ik hem weer.
Ik ben er, meester. Zeg me wat ik doen moet.
'Hier wonen de Kinkaids, met hun hond Buster en hun kat Kit. De Potters gaan ieder jaar in augustus met hun caravan naar Crimdon Dene. Mevrouw Penberthy heeft Elvis Presley een keer ontmoet. De Turners hebben een zoon verloren aan difterie. Teresa Duffy heeft een houtsplintertje van het enige echte kruis.'
Af en toe komt er een auto langs, maar we blijven doodstil in de schaduw staan, worden kennelijk niet opgemerkt, en gaan dan weer verder.
In het donker wijs ik om me heen.
'Het zwembad is die kant op. Brian Phelps traint daar met duiken. Hij heeft meegedaan aan de Olympische Spelen. Daar aan de overkant voetballen we altijd. We zijn fan van Newcastle. Ze zijn niet zo goed, maar voor ons zijn ze de besten. Vlak erachter staat mijn school. Op een school leer je over de wereld en over jezelf en we proberen er te ontdekken wat we vinden en wat we ons kunnen indenken en wat we kunnen maken. Prat Parker gaat prat op z'n aanstellerij maar hij is oké. Verderop is het volkstuintje van mijn opa. Zijn tomaten zijn heerlijk. Mijn oma maakt er tomatensaus van.'
Ik draai me om en kijk hem aan.
'Luister je?' vraag ik.
Hij staart alleen maar terug.
'Denk je?' vraag ik.
Zijn ogen zijn donkere, zaadvormige kassen in de klei die niets toelaat en niets loslaat.

'Waar kom *jij* vandaan, Klei?'
Ik ben hier, meester. Zeg me wat ik doen moet.
Ik leid hem verder. Hogerop zijn de lichten aan in het Koningin Elizabethziekenhuis. We gaan er niet heen. Een ambulance rijdt de hekken binnen.
'Dat is het ziekenhuis, Klei. Veel mensen uit Felling zijn er geboren. Daar komen we op de wereld.'
Zijn ogen draaien weer naar mij.
'Eerst zijn we helemaal niks,' zeg ik. 'Dan komen we in onze moeder, dan komen we uit onze moeder en dan zijn we op de wereld.'
Er begint een sirene te loeien. Er verschijnt nog een ambulance.
'En een heleboel mensen gaan daar ook weer de wereld uit,' zeg ik. Ik denk over mijn woorden na. 'Of eigenlijk gaat er daar een stukje van een mens de wereld uit,' zeg ik, en weer peins ik.
Ik ben hier, meester. Zeg me wat ik doen moet.
'Loop maar gewoon mee,' zeg ik.
We gaan de heuvel weer af. Ik noem de namen. Het postkantoor. The Black Horse. De Windhoekclub. Lasky's varkensboerderij verderop. De cafetaria. George Lang, bij wie je kunt gokken. Slagerij Pearson, waar ze heerlijke gekookte ham verkopen, bruin bier, boter uit een ton. Mays' Fashions' met de malle hoge komma's in de naam. De heuvel loopt steil af naar het plein. Een dronkenlap zwabbert langs, tilt zijn pet op, wankelt.
'Dag jongeman, dag grote griezelreus,' zegt hij, en hij giechelt, struikelt, boert en waggelt verder.
'Dat is Geordie z'n oom Joe,' zeg ik. 'Maar morgen herinnert-ie zich er niks van.'
We komen langs het Dragonecafé. Ik vertel hem dat iedereen daar komt, jong en oud, dat mensen er elkaar geheimen toevertrouwen en sterke verhalen vertellen en er leren roken en verliefd worden. En ik vertel hem dat ze nergens lekkerder ijs hebben en dat ik daar heb ontdekt hoe lekker warme Horlicks is. En we lopen door en

ik laat hem de Coronabioscoop zien en het Palais de Danse en de winkels aan weerskanten van de hoofdstraat. Dan zie ik Klei en mezelf weerspiegeld in een etalageruit, en ik sta stil te kijken met het gevoel dat ook mijn hart van verbazing stil zal blijven staan.
'Zie je dat, Klei?' fluister ik. 'Dat zijn jij en ik. We zijn samen op de wereld.'
We doen een stap dichterbij. We staan midden op straat. We kijken naar onszelf en hoe we naar onszelf terugkijken. Ik zwaai. 'Steek je hand op,' zeg ik en Klei steekt zijn hand op alsof ook hij zwaait. Dan gaan we weer verder. Ik laat hem de afgesloten hekken van Howies sloperij zien, het steegje naar de drukkerij van mijn oom. Ik vertel hem over de hartige taarten en broodjes ham van Myers' en over de roddelende groepjes en spelende kinderen die je daar overdag ziet. En dan torent de St.-Patrickkerk boven ons uit.
'Daar is God,' zeg ik tegen hem. 'Of tenminste, dat denken we. Hij is eigenlijk overal, maar hier is hij het meest, en dan zijn we het dichtst bij hem. Of zoiets.'
Het lijkt alsof de toren schuin overhelt onder de voortjagende wolken. Ik kijk hoe hij steeds schuiner zakt, maar dat is natuurlijk een waanbeeld en hij valt niet.
'God heeft alles gemaakt,' zeg ik. 'En hij ziet alles, en weet alles.'
Ik ben hier, meester. Zeg me wat ik doen moet.
Ik zucht.
'Of misschien kijkt hij niet meer en wil hij niets meer van ons weten,' zeg ik. 'Wat denk *jij*, Klei?'
Niets, natuurlijk.
Ik buig me naar hem toe.
'Geloof *jij* in God, Klei?'
Geen antwoord, natuurlijk.
'Heeft God jou gemaakt?' vraag ik.
Stilte, natuurlijk.

Zo staan we daar samen, allebei stil, en donker, en doelloos.
'Wat moet ik met je beginnen?' zucht ik.
Weer geen antwoord. En we staan daar minutenlang te zwijgen, en Klei wordt stijf en roerloos.
'Ben je weg, Klei?' fluister ik, en ik besef dat iets in me, bijna alles in me, wil dat hij weg is, dat hij niets anders meer is dan een levenloze bult aarde, dat hij nooit meer terug zal komen. Ik raak hem aan. Zo koud als klei.
'Klei?' fluister ik.
En ik voel dat het leven zich weer in hem roert.
'Kom mee,' zucht ik. 'Nu zal ik je laten zien waar we blijven als we er niet meer zijn.'

49

Hij moet zich bukken om onder de poort door te kunnen. De vleermuizen scheren rond. De uilen zijn schreeuwend op jacht. Onder de maan wordt de sluierbewolking dunner. De voeten van Klei gaan knarsend over het grintpad als we het kerkhof op lopen.
'Dit is het kerkhof,' zeg ik. 'Hier liggen duizenden doden begraven. Ook veel familieleden van mij. Mijn voorouders.'
Ik laat hem de oude, scheefgezakte zerken zien. Ik laat hem de graven van de Braddocks zien.
Weer loop ik namen op te noemen. Ik ga op mijn hurken dicht bij de grond zitten, en lees in het maanlicht de namen die in de stenen staan gegrift.
'Elizabeth Grace McCracken,' zeg ik. 'Geboren 1789. Opgenomen in de hemelse glorie in 1878. Geliefde echtgenote van... Geliefde moeder van... William Edward Carr. Georgina Fay...'
Ik wil het uitleggen, zodat hij het kan begrijpen, al weet ik dat hij niets kan begrijpen, dat de dingen die ik zeg hem boven de pet gaan.
'Hier worden we heen gebracht als het leven uit ons weg is,' zeg ik. 'Als er niets anders meer van ons over is dan een dood lichaam, worden we in de aarde gelegd.'
Hij keert de lege kassen van zijn ogen naar me toe.
Zeg me wat ik doen moet, meester.
'We komen uit stof en zullen tot stof weerkeren,' zeg ik, en ik besef dat de dingen die ik zeg, die we allemaal zeggen, ook mij ver boven de pet gaan.
Ik ga verder. Ik leid hem langs de nieuwere graven. Ik blijf intussen namen opnoemen. Algauw zijn we bij het hek dat het kerkhof

van de rondweg scheidt. Er is een pas gedolven graf, met een paar planken over het gat, en een berg aarde ernaast. Ik trek een plank weg. Ik tuur in het donker.
'Dit is aarde, Klei. Dit is waar we beginnen en waar we eindigen.'
Ik pak een handvol aarde. Ik rol er een bal van. Ik gooi de bal in het donkere gat.
'Aarde wordt weer aarde,' zeg ik. 'Klei wordt weer klei.'
We staan samen aan de rand van het graf.
'Hier komt Martin Mould te liggen,' zeg ik.
Zeg me wat ik doen moet, meester.
Weer gooi ik een handvol aarde in het gat van aarde. Ik keer me om, en hij volgt me.
'Nu moeten we terug naar de steengroeve,' zeg ik.

50

Er hangt een politieverbod, goed leesbaar in het maanlicht: VERBODEN VOOR ONBEVOEGDEN. Een doodskop met beenderen, helwit oplichtend. LEVENSGEVAAR.

Ik leid Klei erlangs en we gaan de kapotte hekken door.

'Dit is de oudste plek van Felling,' zeg ik als we ons door de meidoorn worstelen en op weg gaan naar de steengroeve.

'Hier is jouw leven begonnen,' zeg ik. 'Weet je dat nog?'

Ik wijs omhoog naar de rand van de steengroeve.

'Daar is Mouldy gevallen. Je was er met Stephen Rose. Weet je dat nog?'

We komen bij de kleivijver. Ik pak een handvol klei.

'Dit ben jij,' zeg ik.

Ik smeer het spul over zijn borstkas. Het droogt langzaam op, wordt een deel van hem. Hij let er niet op.

Ik ben hier, meester. Zeg me wat ik moet doen.

Weer pak ik een hand klei. Ik kneed er een kleine menselijke gedaante van.

'Leef,' fluister ik, en ik beeld me in dat ik beweging zie, al blijft het figuurtje roerloos. Zouden Stephen en ik de wildernis met zulke wezens kunnen vullen? Zouden we een heel nieuwe wereld kunnen bevolken? Even heb ik een visioen van onze plompe wezentjes die door het kreupelhout bolderen. Ik zie ze bij de kikkers en de slang, onder de sperwer die hoog in de lucht rondcirkelt. Ik zie ze de wildernis uit gaan en de wereld in. Ik huiver, en schud het visioen van me af, en ik laat het handje klei met een plons in de vijver terugvallen.

'Het is nog maar kort geleden,' zeg ik. 'Je lag daar op de grond. Wij

waren bij je, Stephen Rose en ik. Je was zo mooi. We hadden je gemaakt en we smeekten je te gaan leven en baden dat je ging leven. Ik wou geloven dat het leven in jou kon komen zoals het de doden verlaat. Ik wou geloven dat terugkeren tot stof net zo goed van dood naar leven kan betekenen, en niet alleen van leven naar dood. Maar je snapt me niet, hè? Dit gaat je ver boven de pet; mij net zo goed.'
Ik zucht om de onzinnigheid van mijn woorden.
'Ik ben maar een gewone jongen,' zeg ik. 'Jij bent gewoon een bonk klei. Ik kan dit niet. Ik wil niks met je te maken hebben en ook niks met die verdomde Stephen Rose!'
Ik kijk naar de lucht. Boven ons glijdt de maan langs de hemel. De nacht gaat voorbij. Ik moet onwillekeurig aan Geordie denken, aan hoe we lachend en loltrappend samen over straat zwalkten. Ik denk aan de vallen die we hebben opgezet in de steengroeve. Ik denk aan een knokpartij met Skinner en Poke. Ik denk aan Prat Parker die snoepjes uit de lucht vangt. Ik denk aan Maria, haar gezicht, haar huid, haar stem, haar lippen op mijn lippen.
'Ik moet goddomme mijn eigen leven leiden!' zeg ik.
Zeg me wat ik doen moet, meester.
'Ik wil geen groot stom levend brok klei!'
Zeg me wat ik doen moet, meester.
Ik probeer hem diep in zijn zaadogen te kijken.
'Je moet gaan liggen, Klei,' mompel ik. 'Je hebt de hele nacht gelopen. Je zult wel moe zijn. Ga liggen.'
Geen reactie.
'Doe wat ik zeg, Klei.'
Ik pak zijn arm, trek hem zacht omlaag, naar de grond.
'Toe, Klei.'
Meester.
'Ga liggen.' Deze keer klink ik strenger. 'Ga liggen. Verroer je niet!'
En hij gehoorzaamt. Hij gaat op de grond zitten en draait langzaam zijn gezicht naar me toe.

'Goed zo,' zeg ik. 'Braaf zo, Klei.'
Meester. Mijn meester.
'En nu languit liggen.'
Ik duw zacht tegen zijn schouder. Even verzet hij zich, gaat dan liggen.
'Goed zo,' fluister ik. 'Ga nu slapen. Ga slapen.'
Hij ligt stil, zo stil.
'We doen het allemaal,' zeg ik tegen hem. 'We doen onze ogen dicht, en het wordt donker in ons, en er is niks meer. Slaap. Slaap.'
Ik hoor zijn stem in mijn binnenste, ver en zacht en heel zwak.
Meester... O, meester.
Ik hurk naast hem neer.
'Ontspan je,' zeg ik. 'Lig stil. Laat het donker in je worden.' Ik buig dicht naar hem toe. Ik adem de woorden heel zacht in zijn oor. 'Vaarwel, Klei.'
Meester. O, meester.
'Ga dood, Klei. Ga alsjeblieft dood.'
En ik voel de geest uit hem wegebben. Ik voel dat hij zich terugtrekt aan het uiterste randje van het leven. Maar dan hoor ik voetstappen in de wildernis, en ze komen dichterbij.

51

Stephen Rose, eerst nog vriendelijk. Hij staat bij de kleivijver met zijn handen in zijn zij.
'Wat doe je, Davie?'
'Niks.'
'Niks?'
'Niks.'
'Wat doe je met Klei?'
'Hij kwam naar me toe. Hij zocht me op. We hebben gewandeld.'
'*Gewandeld*?'
'Ja. Felling door.'
'Tering, Davie.'
'Niemand heeft ons gezien.'
Hij komt een stukje dichterbij.
'En wat doe je nu?' vraagt hij.
'Niks. Ik ben gewoon bij hem.'
'Aaah, wat lief. Kom hier, Klei. Klei, sta op en kom bij je meester.'
'Blijf,' fluister ik.
Ik leg mijn hand op Kleis voorhoofd. Hij is zo stil. Hij is bijna weg. Er is bijna niets meer in hem.
'Zo te zien ben ik net op tijd, Davie,' zegt Stephen.
'O ja?'
'Ja. Zo te zien haal je hier rottigheid uit, Davie.'
'O ja?'
'Ja. Volgens mij wil je ons schepsel om zeep helpen, Davie.'
Zijn ogen glinsteren als sterren in de diepe zwarte schaduw van zijn gezicht.
'Heb ik gelijk, Davie?' zegt hij.

Ik geef geen antwoord. Hij komt dichterbij, kijkt op onze man neer.
'Klei,' zegt hij. 'Klei! Beweeg!'
Hij geeft Klei een por met zijn voet. 'Klei! Beweeg!' En Klei roert zich, en het leven komt weer in hem terug, en Stephen glimlacht.
'Zie je, Davie? Je hebt de kracht niet om hem voor eens en altijd koud te maken. Sta op, Klei! Leef!' Weer geeft hij Klei een schop.
'Kom bij je meester.'
'Nee,' zeg ik. 'Het is niet goed!'
'Sta op, monster!'
Klei komt in beweging. Hij rolt zich om, hijst zich op handen en knieën. Ik ga naast hem staan. Ik probeer hem tegen te houden. Er is geen stem in hem. Hij komt langzaam, stuntelig overeind.
'Laat hem met rust! Voel je dan niet hoe bang hij is?'
'Aaah wat lief,' zegt Stephen. 'Davie zit over je in, Klei. Sta óp, monster!'
Klei knielt, staat op.
'Hij heeft verdomme pijn, Stephen!'
Klei gaat naast Stephen staan. Stephen buigt zich door de duisternis tussen ons in naar me toe.
'Denk je dat het me ene moer kan schelen of hij bang is? Denk je dat ik me ene moer aantrek van zijn pijn? Misschien maak je op die manier een echt monster, Davie. Sleur hem heen en weer tussen leven en dood. Zorg dat hij pijn lijdt, dat hij doodsangsten uitstaat.' Hij grijnst. 'En dan laat je hem een klus opknappen.'
Hij rekt zich uit, zegt zacht iets in Kleis oor. Intussen kijkt hij naar mij.
'Klei,' zegt hij. 'Dat is Davie. Hij heeft geholpen jou te maken. Hij had van je had moeten houden en voor je moeten zorgen. Maar die Davie is een duivel. Hij wou je doodmaken, Klei. Hij was bezig je te vermoorden. Wat vind je daarvan?'
En ze kijken naar me, de jongen en het monster, en ze lijken zo

goed bij elkaar te passen – het doodstille monster, en de jongen met de zachte stem die vriendelijk glimlachend zijn bevelen fluistert.

'En nu, Klei,' zegt Stephen, 'wil ik dat je de duivel die Davie heet, kapotmaakt. Maak hem dood.'

Het monster zet een stap in mijn richting. Zijn handen strekken zich naar me uit.

Stephen ontbloot zijn tanden. Kwijl druipt uit zijn mond.

'Dood hem!' grauwt hij. 'Dood hem, Klei! Dood hem!'

Ik deins met geheven armen achteruit.

'Nee, Klei!' zeg ik. 'Stop, Klei!'

Maar hij grijpt me bij mijn keel.

'Niet doen, Klei! Nee! Nee!'

Zijn handen klemmen om mijn nek. Ik kan niets zeggen. Ik krijg bijna geen adem meer.

'Ja!' zegt Stephen. Hij komt dichterbij. 'Doe het, Klei. Nu, Klei!'

Ik kijk op in Kleis zaadogen. En nu klinken zijn eigen woorden in mijn binnenste, heel zwak, vol pijn.

O, meester. O, meester...

Zijn handen ontspannen zich.

'Klei,' hijg ik. 'Laat me alsjeblieft los.'

En hij kan niet doorzetten. Zijn handen vallen weg van mijn keel. Hij zakt op zijn knieën, en hij buigt zijn hoofd naar de grond.

Stephen spuugt.

'Aandoenlijk,' zegt hij zacht. 'Je hebt te veel van Davie in je, Klei.'

Ik verzamel mijn krachten, ik krijg weer lucht.

'Kom maar op,' zeg ik tegen hem. 'Maak me dan af zoals je Mouldy hebt afgemaakt.'

Hij komt op me af en laat zijn hand voor mijn ogen heen en weer gaan. Ik sla hem weg.

'Kom op,' zeg ik tegen hem. 'Heb het lef eens, Stephen.'

We draaien om elkaar heen, en dan gaan we elkaar te lijf.

52

We grijpen elkaar bij de keel. Hij geeft me een kopstoot, dan nog een. Ik stomp hem in zijn buik en we vallen uiteen, vloekend en grommend en spugend en grauwend.
'Jij,' zegt hij. 'Ik heb niks aan jou. Ik had het meteen moeten weten. Te zwak, te stom, te jong.'
We gaan weer op de vuist. Ik druk zijn gezicht tegen de grond. Hij kronkelt weg.
'De volgende keer doe ik het alleen,' zegt hij. Hij spuugt kwijl, snot en bloed uit. 'Maak ik een monster dat niks anders in zich heeft dan bloeddorstigheid.'
We vechten door. We laten elkaar los. Mijn hele lijf trilt van de krachtsinspanning.
'Je kan het niet eens zonder mij,' zeg ik.
'O nee? Ik kan goddomme alles wat ik wil, Davie. Ik heb alleen maar last van jou.'
Ik haal uit met mijn vuist. Ik sla mis. Hij grijpt mijn vuist, rukt, bijt, kauwt. Ik stomp met mijn andere hand zijn hoofd weg. We vechten verder, vallen weer neer.
'Misschien ben je alleen gestuurd om me op gang te helpen,' zegt hij. Hij lacht. 'Je was mijn slaaf, Davie. Ha! Nu is het tijd om je achter te laten.'
We zitten als beesten op handen en voeten. We loeren verbeten naar elkaar in de nacht.
'Ik heb een doel,' zegt hij. 'Dat kan ik in dat stomme dooie Felling niet bereiken met zo'n stomme dooie zak als jij.'
'Zoek het dan ergens anders.'
'Reken maar.' Hij veegt zijn gezicht af met zijn mouw. 'Maar voor

ik ga zal ik je over mijn ma en pa vertellen. Dan begrijp je iets meer van wat Stephen Rose allemaal kan.'
Ik kijk naar hem en wacht af. Hij grijnst. Hij weet dat ik het weten wil.
'Je moeder...' zeg ik.
'Is een trut,' zegt hij. 'Is een vals kreng.'
'Ze is ziek.'
'Ze is stapelgek.'
'Ze heeft je nodig.'
'Ik spuug op haar,' zegt hij. 'Pah!'
En hij spuugt.
'En dan nu de waarheid over mijn moeder,' zegt hij. 'Ze heeft me nooit gewild. Ze wist niet eens dat ze zwanger was. Moet je horen – ze heeft me zelf verteld dat zij en mijn stomme pa twee jaar niks gedaan hadden voor ik werd geboren. Ze zei dat ze nog een maand had te gaan toen ze naar haar buik keek en zei: "Tering, d'r zit een kind in!"'
'Dat bestaat niet.'
'In jouw wereld misschien niet, Davie. Maar in de mijne...'
'Het kan gewoon niet.'
'Ha! En toen ze zag wat er uit haar kwam glibberen, wilde ze er meteen vanaf. Te laat. Daardoor verloor ze d'r verstand. Daardoor, en omdat ze aan tafel zat toen ik mijn vader vermoordde.'
Hij grinnikt. Hij waagt het dichterbij te kruipen. Zijn gezicht raakt bijna het mijne. Ik voel zijn adem over me heen gaan.
'Ja, Davie. Toen ik hem vermoordde. Ik heb hem vermoord! Ik heb hem net zo goed vermoord als wanneer ik een mes in zijn hart had gestoken. Weet je nog wat ik laatst zei? Dat hij pastei zat te schransen en zij naar een stom programma op de tv keek? Ja, nou, dat was ook zo. Een gewoon gezinnetje op een gewone avond. Alleen zat ik me dood te ergeren aan die lelijke, walgelijke kop van hem, en hij hing me de keel uit, en vanbinnen dacht ik: "Sterf, ellendeling, sterf."

En hij zit maar te schransen en ik begin die woorden uit te spreken, eerst nog zacht: "Sterf, ellendeling, sterf." En ik ga harder praten en hij hoort het en zit boven zijn prak naar me te staren en zij kijkt om met dat stomme smoel van d'r. "Ja," zeg ik tegen ze, "je hoort het goed, ik zeg dat-ie dood moet," en ze kijken dodelijk geschokt, en ze komt op me af, maar ik zeg heel hard: "Sterf, ellendeling, sterf," en dan begint-ie te rochelen en stikt en dondert op de grond.'
Weer grijnst hij.
'Wie zou het geloven?' fluistert hij. 'Wie zou geloven dat een zoon zo slecht is dat hij zijn pa wil vermoorden? Joh, het is bijna even idioot als geloven in een god en in engelen. Het is bijna even idioot als geloven dat een brok klei kan lopen.'
Ik hou mijn mond. Ik weet geen antwoord.
'Ik ben niet als jij, Davie,' fluistert hij. 'Ik kom uit de duisternis en het niks en ik ben hier door iets of iemand heen gestuurd met een doel. Ik ben anders dan jij. Ik spuug op je.'
En hij spuugt me in mijn gezicht, en ik storm op hem af en we slaan erop los, en ik druk hem tegen de grond, sla hem verrot, kniel op zijn schouders. Ik graai een steen van de grond. Ik til hem hoog in de lucht. En heel even houdt hij op met worstelen.
'Ja,' fluistert hij. 'Doe dan, Davie. Beuk m'n gezicht in. Ik wacht. Doe dan, maak me dan af.'
Ik kan me niet verroeren.
'Doe het dan!' zegt hij. 'Misschien zijn jij en jouw wereld stukken beter af als je me nu opruimt.'
Hij wacht. De kei in mijn hand is zwaar. Ik weet dat die zijn schedel kan verbrijzelen. Maar ik kan het domweg niet. Ik laat de kei weer vallen.
'Zo ken ik je weer, Davie,' zegt Stephen. 'Je maakt me toch niet dood. Laat me dus gaan.'
Ik rol van hem af. Ik zie Klei op handen en voeten van ons wegkruipen, het kreupelhout in.

'Klei!' roep ik.
'Klei!' echoot Stephen, met een spottend hoge meisjesstem.
Hij komt overeind, slaat het vuil van zich af.
'Gek hoor,' zegt Stephen. 'Ik geloof nu niet meer in jullie allebei. Jullie waren maar broddelwerk. Jullie waren maar een probeersel op mijn weg naar mijn doel.'
Klei kruipt verder de duisternis in, verdwijnt uit het zicht.
Stephens stem achtervolgt hem.
'Sterf, Klei,' ademt hij. 'Beweeg niet meer, Klei.'
Ik hou mijn adem in. Stephen lacht naar me.
'Dat wou je toch?' zegt hij. 'Sterf, Klei. Beweeg niet meer, Klei.' Hij grijnst. 'Sterf, ellendeling. Sterf.'
Hij laat zijn handen voor mijn ogen heen en weer gaan.
'Je vindt jezelf best goed, hè?' zegt hij. 'Jij, die een hond hebt afgeslacht. Jij, die Mouldy dood wenste. Jij, die geholpen hebt om het ding te maken dat hielp om Mouldy te vermoorden. Jij, die op het punt stond Klei te doden. Nou, zo goed ben je dus. Zo gaat dat in het gewone leven.'
Ik staar in de duisternis van zijn ogen.
'En hier moet je maar eens over nadenken in dat gewone leven van je,' fluistert hij. 'Als jij die avond niet als een klein kind naar je bedje was gevlucht, zou jouw lekkere Mouldy nog gewoon rond kunnen lopen.'
Weer lacht hij, weer laat hij zijn hand voor mijn ogen heen en weer gaan.
'Het is voorbij,' fluistert hij. 'Word maar weer een onnozele simpele ziel, Davie.'
Dan is hij weg, en ik ben alleen, alleen in de steengroeve, in de nacht.

53

Ik ga Klei zoeken. Ik fluister zijn naam. Op handen en knieën kruip ik door het kreupelhout. Ik wil het bijna opgeven als ik tegen hem aan bots. Ik roep zijn naam, maar hij is morsdood. Ik wil voor hem bidden, maar tot welke god moet ik bidden? Welke god zou Klei erkennen? Het begint te regenen als ik me over hem heen buig. Het water stroomt over zijn huid, spoelt hem alweer langzaam terug in de aarde. Ik maak hem open en tast met mijn vingers in zijn diepte. Ik vind het medaillon, haal het eruit, en maak hem weer dicht. Het gaat harder regenen.

'Vaarwel, Klei,' zeg ik.

Ik hef mijn gezicht op naar de regen. Ik laat de modder, het bloed en de tranen wegspoelen. Dan ga ik als een haas naar huis. Het wordt al bijna licht. Akelig loodgrijze wolken hangen boven Felling. De regen roffelt neer. Ik glip het huis in. Even blijf ik op de overloop staan. Ik hoor de ademhaling van mijn slapende ouders. Ik doe hun deur open en kijk bij ze binnen. Ik wacht tot ze wakker worden en me daar zien staan. 'Ik ben hier,' fluister ik, maar ze verroeren zich nauwelijks. Ik voel me als Klei – stijf, zwaar, hersenloos – alsof ik iets ben wat op de uiterste grens van het leven bestaat. Ik heb het gevoel dat ik weggespoeld kan worden, dat ik kan verdwijnen. 'Ik ben hier,' fluister ik, iets harder. Er komt geen reactie. Dromen ze dat ik daar sta, dat ik hun deur dichtdoe, dat ik bij ze wegga? Ik ga naar mijn kamer. Ik verstop mijn kleren. Ik verberg het medaillon. Ik kijk naar de oneindige nacht buiten. Wie is het die dit allemaal denkt? Wie is het die in dit alles gelooft? Wie is het die dit alles droomt? Dan word ik overvallen door het niets, en ik slaap.

VIER

54

De tijd gaat door, zo wordt ons verteld. Na de dag volgt de nacht volgt de dag volgt de nacht. Verleden, heden, toekomst. Kind, tiener, volwassene. Geboorte, leven, dood. Maar soms blijft de tijd stilstaan. Dan kunnen we niet verder.

Na die laatste nacht in Braddocks Garden werd Stephen Rose niet meer gezien. Maar de herinneringen lieten me niet los. In mijn gedachten en dromen gebeurde alles steeds weer opnieuw, in een soort oneindig heden. Ik dacht dat ik een glimp van Stephen opving tussen de mensen in de hoofdstraat of op het plein van Felling. Ik meende hem te zien in de schaduwen van het kerkhof, in Holly Hill Park, of achter de dichtgetimmerde hekken van Braddocks Garden. Maar als ik beter keek was hij het niet. Het was iemand die op hem leek, of een speling van de schaduw, of een kat of vogel of hond, of het was zomaar een hersenspinsel.

In mijn dromen verroerde Klei zich weer, begon weer voor het eerst te bewegen. Stephen fluisterde onafgebroken in mijn oor, zijn handen bleven voor mijn ogen heen en weer gaan. Mouldy bleef eindeloos vallen en vallen en vallen, zijn dood tegemoet. Ik wilde dat het allemaal voorbij was. Maar het liet me niet met rust, en ik kon het niet vergeten, en ik voelde me een gevangene, afgestompt en nutteloos.

De dag na die laatste nacht kwam Crazy Mary bij ons aankloppen. Ze had wilde ogen, wild haar, droeg geruite pantoffels en een oeroude jas. 'Waar is mijn jongen?' fluisterde ze me toe. 'Jij bent zijn vriend. Waar is hij heen?' Ik keek naar ma en spreidde mijn handen in een vragend gebaar: wat moet dat gekke mens van me? Ma haalde haar binnen, streelde haar arm, probeerde haar te kalmeren. Maar Mary bleef raaskallen: 's avonds was haar jongen gewoon naar bed gegaan, 's ochtends was hij verdwenen. Ze sloeg haar handen voor haar mond. 'Of slaap ik soms nog?' zei ze. 'Was er wel echt een jongen? Heette hij Stephen Rose? En was hij naar me toe gestuurd?' Ja, verzekerden we haar. Ja. 'Waar is hij dan nu?' vroeg ze aan me. 'Jij bent zijn vriend. Waar is hij gebleven?' Ik zei steeds weer dat ik het niet wist. Ik zei steeds weer dat ik niet echt een vriend van hem was. Ik keek schuins naar ma: hoe moest ik dat weten? Ten slotte gingen ze samen bidden, en ma keek over Mary's schouder naar me en zei dat ik de politie moest bellen.

En brigadier Fox en agent Ground kwamen, vulden de kamer met hun brede schouders, hun insignes en helmen en hun glanzende zwarte hoge schoenen. Deze keer gingen ze zitten en slurpten thee.

'Hij is een goeie vriend van je,' zei brigadier Fox.

'Geen echt goeie vriend,' zei ik.

'Ach zo. Geen echt goeie vriend. En je hebt hem voor het laatst gezien...' Hij likte aan zijn potlood en keek naar me terwijl de gedachten door mijn hoofd raasden.

'Paar dagen geleden,' zei ik. 'Toen ik naar Crazy... naar juffrouw Doonans huis ging.'

'En wat hebben jullie gedaan en waarover hebben jullie gepraat?'

'We zijn in de schuur geweest. Hij liet me zijn beeldjes zien. Daarna heeft juffrouw Doonan brood voor ons gemaakt. Toen ben ik naar huis gegaan.'

'En leek hij van streek, of zo? Heeft hij het erover gehad dat hij ergens heen wilde?'

'Nee. Nee.'

'Mooi.'

Hij klopte tegen zijn hoofd en dacht na.

'Het is maar een rare week voor je, jongen.'

'Raar?' zei ik.

‘Er is een jongen doodgegaan. En nu is er een andere verdwenen.’
Ik sloeg mijn ogen neer.
‘Ja,’ mompelde ik.
‘Dat kan niet makkelijk voor je zijn, maar maak je geen zorgen. Verdwijnen is makkelijk genoeg. Onvindbaar blijven is een veel moeilijker kunstje.’
‘We zijn hem op het spoor,’ zei agent Ground.
‘Denk je dat ze verband met elkaar houden?’ vroeg brigadier Fox.
‘Wie?’ vroeg ik.
‘De dode jongen en de verdwenen jongen. Zie jij een verband?’
Hij sloeg me gade terwijl ik nadacht. Ik zag Mouldy’s ogen door de brievenbus loeren. Ik voelde Stephens kus op mijn wang.
‘Kenden Stephen Rose en Martin Mould elkaar?’ vroeg brigadier Fox.
‘Stephen bleef bij hem uit de buurt,’ zei ik.
‘Gingen ze niet met elkaar om?’
Ik zag Mouldy wankelen op de rand van de steengroeve. Ik zag Stephens vlakke hand tegen Mouldy’s borst.
‘Nee,’ zei ik. ‘Ik weet niet. Ik geloof van niet.’
‘Het waren heel verschillende types,’ zei pa.
‘Heel verschillende types,’ zei brigadier Fox terwijl hij schreef. ‘Mooi.’ Hij keek me recht aan. ‘Goed dan, jongeman. We willen graag dat je ons alles vertelt wat je van Stephen Rose weet.’
‘Alles?’
‘Alles. We moeten weten hoe hij vanbinnen was. Bijvoorbeeld, wat waren zijn grote hobby’s? Zijn... passies.’
‘Wat was zijn drijfveer?’ zei agent Ground. ‘En wat was er elders op de wereld zo aanlokkelijk dat hij Felling en de liefdevolle zorg van juffrouw Doonan achter zich heeft gelaten?’
De brigadier zat te wachten, met wijd opengesperde ogen, potlood in de aanslag.

Ik staarde terug. Ik zocht naar woorden.
'Ik weet het, jongen,' zei de brigadier. 'Dat is een heel lastige vraag.'
'Ieder mens is een puzzel,' zei agent Ground.
'Een raadsel,' zei de brigadier. 'Dat heeft ons vak ons wel geleerd. Niet waar, agent Ground?'
'Honderd procent waar,' zei agent Ground.
'Natuurlijk,' zei de brigadier, 'gaan we de vreemde verhalen uitzoeken die over hem de ronde doen.'
'Ja,' zei agent Ground. 'De legenden, zullen we maar zeggen.' Met gefronste wenkbrauwen boog hij zich naar me toe. 'Zeg eens, jongen,' zei hij. 'Heb je wel eens iets vreemds aan hem gemerkt?'
'Iets vreemds?'
'Zag je niets...'
Ik keek naar hen, naar hun afwachtende ogen, het potlood in hun handen. Hoe kon ik ze vertellen over al het vreemds dat ik had gezien? Hoe kon dat in een notitieboekje worden gekrabbeld?
'Ik heb niks gemerkt,' zei ik. 'Stephen Rose is heel gewoon, net als ik. Net als ieder ander.'
Brigadier Fox schreef het op.
'Hij is niks bijzonders,' zei ik. 'Maar zijn pa is overleden en zijn ma is gek geworden, en hij is in zijn eentje naar Felling gestuurd, en hij hoorde hier niet thuis. Meer niet.'
'Dat is heel scherpzinnig, jongen,' zei de brigadier.
'Hij kan goed kleien,' zei ik. 'Hij maakt beeldjes. Heel knap. Het lijkt net of ze leven.'
'Of ze leven?' zei brigadier Fox. 'Meen je dat nou?'
'Ja,' zei ik. 'Hij is een kunstenaar.'
'Met een gekwelde geschiedenis en een gekwelde geest,' zei ma.
'Een kunstenaar met een gekwelde geest,' zei brigadier Fox terwijl hij krabbelde. 'Dat is mooi gezegd.' Hij drukte een punt op het blaadje, schudde toen zijn hoofd en keek ons aan. 'Goddank is zoiets ons bespaard gebleven, hè?'

We liepen met ze mee naar de deur. Ze zeiden dat we ons geen zorgen moesten maken. Zij zouden onze Stephen wel vinden en hem weer bij ons terugbrengen.

55

De zaterdag daarna ging ik naar Mouldy's begrafenis. Ik stond onder de bomen van het kerkhof en keek van een afstand toe. Er waren nog wat mensen uit Felling. De nabestaanden kwamen aan in een Ford Zephyr en een Transitbusje. Zijn moeder stond met haar handen voor haar gezicht te huilen. Er waren een paar forse familieleden in het zwart, en een dominee die zo'n beetje dezelfde woorden dreunde die pastoor O'Mahoney zou hebben gezegd. Mouldy's kist zakte in het graf waar ik met Klei naast had gestaan. De kist verdween uit zicht, waarna er bloemen en aarde en water achteraan werden gegooid. Ik wilde voor Mouldy bidden, maar ik merkte dat Geordie naast me kwam staan.

'Zou hij naar ons kijken?' vroeg hij.

'Wie?'

'Mouldy, man. Uit het hiernamaals.'

Ik schudde mijn hoofd, keek om me heen, verwachtte half en half Stephen Rose te zien die in de schaduw stond toe te kijken, of vanachter het hek van het kerkhof.

'Zelfs al keek-ie, dan kon-ie nu toch niks meer doen,' zei ik.

'Behalve dan bij ons komen spoken,' zei Geordie.

We keken naar de rouwenden. We bleven een tijdje stil en waren bang.

'Misschien gaat Mouldy's geest wel rondspoken,' zei Geordie. 'Gaan kinderen 's avonds bij maanlicht een godsgruwelijk eng monster zien in Braddocks Garden.' Hij deed een poging om te lachen. 'Als ik later kinderen krijg, ga ik ze er bang mee maken.'

De rouwenden gingen uiteen. De dominee hielp mevrouw Mould terug naar de auto. Ik huiverde. Ik stelde me voor hoe ik stil in de

grond zou liggen terwijl mijn familieleden van me wegliepen.
'Nog altijd geen teken van Stephen Rose?' vroeg Geordie.
Ik schudde mijn hoofd.
'Opgeruimd staat netjes, hè?' zei hij. 'Verdomde gek.'
'Ja,' zei ik.
We zagen Skinner en Poke tussen de bomen naar ons toe komen.
'Hé, hoi,' zei Geordie.
'Ook hoi,' zei Poke.
'Arme donder,' zei Skinner, met een knikje naar het graf.
'Nou,' zeiden we allemaal.
We vermeden het elkaar aan te kijken. We durfden onze angst niet uit te spreken.
'Hij had ook z'n goeie kanten,' zei Skinner.
'Ja,' zeiden we.
'Eigenlijk,' zei Geordie, 'kun je wel zeggen dat hij een doodgoeie jongen was.'
We onderdrukten een lachbui.
'We zullen hem zwaar missen,' zei Poke.
En we ontspanden ons.
'Willen jullie vrede sluiten?' zei Skinner.
'Ja,' zei Geordie.
'Oké,' zei Poke.
Iedereen schudde elkaar de hand. Ik ook.
'Nou, dat hebben we dan gehad,' zei Skinner. 'Geen knokpartijen meer.'
'Klopt, protestantse ploerten uit Pelaw,' zei Geordie.
'Roomse rotzakken uit Felling,' zei Poke.
We deden allemaal of we ons schrap zetten om te gaan knokken, maar in plaats daarvan kregen we de slappe lach.
'Ik ga naar mijn maten van de Windhoek,' zei Geordie. 'Kunnen we misschien een paar lui uit Springwell in elkaar slaan. Zin om mee te gaan?'

'Goed,' zeiden Skinner en Poke.
Ze keken alle drie naar mij.
'Nee,' zei ik. Ik haalde mijn schouders op. 'Ik kan niet,' zei ik.
Ze keken nog een laatste keer naar het graf en liepen toen weg. Ik ging niet veel later achter ze aan. Ik kreeg de doden die onder mijn voeten begraven lagen maar niet uit mijn hoofd, tot ik Maria zag staan wachten bij het hek van het kerkhof. We liepen samen verder. Ze zei weer dat ik haar alles kon vertellen, maar ik zei dat ik niet wist waar ik moest beginnen, ik wist niet hoe ik het geloofwaardig voor haar moest maken. We waren de hele middag aan de wandel. We zoenden onder de bomen in Holly Hill Park, en onder het zoenen begon ik Stephen Rose en Mouldy te vergeten. Ik kon me er bijna in verliezen, tot parkwachter Pew naar ons schreeuwde: 'Hé! Jullie daar! Pak je biezen, lastpakken!' En we liepen hand in hand verder, en het was alsof Maria een soort beschermster was, alsof ze was gestuurd was om me ervan te weerhouden nog dieper weg te zakken in de duisternis.

56

Toen het begon te schemeren zei ik dat ik moest gaan biechten. We gingen naar de St.-Patrick. Ik knielde in het donkere biechthokje. Ik kon het gezicht van pastoor O'Mahoney door het rooster zien. Ik deed geen poging mijn stem te verdraaien.

'Vader, zegen mij, want ik heb gezondigd,' zei ik.

Hij wachtte. Ik bleef stil.

'Ga verder, jongen,' zei hij. 'Wat wil je biechten?'

Ik oefende in stilte de woorden die uit mijn mond moesten komen: *ik heb het lichaam en bloed van Christus gestolen, ik heb een hond gedood, ik heb een wezen geschapen, het wezen heeft geholpen Martin Mould te vermoorden, ik heb geholpen het wezen te vermoorden. Ik heb gelogen tegen mijn ouders en bewijsmateriaal achtergehouden voor de politie. Ik...*

'Nou?' mompelde hij, maar ik kon nog steeds geen woord uitbrengen. We keken door het luikje naar elkaar.

'Ah, Davie, ben jij het,' zei hij.

'Ja, meneer pastoor.'

'Het gaat om meer dan iemand voor Vissenkop uitschelden, neem ik aan.'

'Ja, maar u zou me niet geloven, meneer pastoor.'

'Ik hoor hier van alles. Je kunt me alles vertellen. Ik ben maar een kanaal voor je woorden. Het is tussen jou en God.'

'Ik weet niet of er een God is, meneer pastoor.'

'Ha!'

'Ik denk dat God er misschien ooit wel is geweest, maar dat hij ons beu is en bij ons weg is gegaan.'

'Ik kan merken dat je midden in de puberteit zit. Dit is geen plek

voor discussies. Hier biecht je, doe je boete, en klaar. Er zitten nog meer biechtelingen te wachten.'
'Ik haatte iemand en heb hem doodgewenst,' mompelde ik.
'Aha. Dat is inderdaad een zonde. En heb je berouw?'
'Ja. Maar hij is echt doodgegaan.'
'Aha. Het drukt dus zwaar op je hart.'
'Ja. Het was Martin Mould, meneer pastoor.'
'De jongen die gevallen is.'
'Ja, de jongen die gevallen is.'
'Daar moet je jezelf niet de schuld van geven.'
Ik hield me stil.
'Dat moet je niet doen,' zei hij. 'Ieder van ons heeft intenties en wensen die we aan banden moeten leggen. Je wens was inderdaad een zonde. Maar er is een groot verschil tussen zondige wensen en zondige daden.'
Onze ogen ontmoetten elkaar door het rooster.
'Begrijp me goed, Davie,' zei hij, 'als je hem had geduwd, lag het anders. Ik neem aan dat je hem niet hebt geduwd.'
'Nee, meneer pastoor.'
'Mooi zo. Wat moet je nog meer biechten?'
Ik zocht naar woorden.
'Gelooft u in het kwaad, meneer pastoor?'
'Davie, ik zeg net dat we hier geen discussie kunnen beginnen.'
'Maar toch, meneer pastoor?'
'Ik geloof in zwakheid, Davie. Ik geloof dat we op het slechte pad kunnen worden gebracht. Ik heb veel tijd in deze biechtstoel doorgebracht. Ik heb talloze vreselijke gedachten, vreselijke daden aangehoord. Soms zijn we kleinzielige kleine mensen die kleinzielige zonden begaan. We krijgen kracht en worden goed door ons hart open te stellen voor God.'
'Maar als u in God en het goede gelooft, moet u dan niet ook in de duivel en het kwaad geloven?'

'Ja, maar ik ben een optimist, Davie. Ik geloof dat God en het goede de overhand hebben.'
'Maar het kwaad *bestaat*?'
'Wil je me vertellen dat je aan het bestaan van God twijfelt, maar wel in het kwaad gelooft?'
'Ik meen het, meneer pastoor.'
Hij zuchtte geërgerd. 'Ja,' zei hij. 'Ik denk wel dat het kwaad bestaat. Maar het komt zelden voor. Het komt even zelden voor als echte goedheid. En zoals zeldzame heiligen voortkomen uit echte goedheid, komen zeldzame monsters voort uit het echte kwaad. De meesten van ons zijn voor de helft goed en voor de helft slecht en gaan door het leven in een halfgelukkige, halftrieste staat van verdoving. We mogen hopen dat we ons op een goede dag in het gezelschap van een heilige blijken te bevinden. En we moeten heel hard bidden dat we de duivel niet tegenkomen. En nu hebben we genoeg gepraat. Ga door met je biecht. Anderen zitten te wachten.'
Ik zei niets.
'Davie! Spreek op. Anders zet ik je eruit.'
'Stephen Rose,' fluisterde ik.
'Stephen Rose?'
'U moest toch op hem passen, meneer pastoor.'
Ik zag zijn gezicht betrekken.
'Ja,' zei hij. Hij keek grimmig door het rooster, zuchtte toen, en zei zacht, alsof hij zelf biechtte: 'Het zit me dwars wat er gebeurd is, Davie. Ik heb wel op hem gepast. Maar ik heb een grote parochie. En ik dacht dat de invloed van jongens als jij en George...' Zijn stem ebde weg. 'Ze vinden hem wel,' zei hij. 'Ze brengen hem wel weer thuis. De volgende keer pakken we het beter aan.'
'Wat was hij voor iemand, meneer pastoor?'
'Ha. Zomaar een jongen, iets ouder dan jij. Een jongen met problemen. Goddank is zoiets ons bespaard gebleven. Maar toch een gewone jongen. En maak nu je biecht af.'

Ik ordende mijn gedachten.
Ik stelde het me voor: *ik heb het lichaam en bloed van Christus gestolen. Ik...*
'Ik heb een sigaret van mijn vader gestolen,' zei ik.
'O, Davie. Alweer? En heb je hem opgerookt?'
'Ja, meneer pastoor. En ook de sigaretten van iemand anders z'n pa.'
'Davie toch.'
En zo diste ik hem dezelfde oude onzin van altijd op en hij gaf me de absolutie en liet me gaan.
Toen ik buiten kwam, stond Maria nog steeds te wachten.
'Nou,' zei ze. 'Voel je je nu vroom en verlost?'
Ik schudde mijn hoofd.
'Ik heb hem zo goed als niks verteld.'
We kwamen langs de kroeg en gingen het plein op, waar we uit elkaar zouden gaan.
Ze zei: 'Weet je hoe je iets moet vertellen? Je begint gewoon bij het begin, en dan komt alles vanzelf. Of je kiest kleine stukjes en vertelt ze door elkaar. Of...'
Ze gooide haar handen in de lucht en lachte.
'Of je kunt natuurlijk ook gewoon je mond houden.'
We keken het plein rond: de schemerige stamgasten achter het matglas van The Blue Bell, mensen die in de rij stonden bij de Corona om een kaartje te kopen voor *De Vloek van Dracula*, mensen die de 82 namen om naar Newcastle te gaan. Alles net als anders, alles even saai.
'Of je schrijft het op,' zei ze. 'Als een verhaal. Dan kun je er de gekste dingen in kwijt die helemaal niet gek lijken, omdat het maar een verhaal is.'
'Ik heb met Stephen Rose een monster gemaakt,' mompelde ik.
'Wat?'
'We hebben een man van klei gemaakt. We lieten hem bewegen, Maria. We lieten hem lopen. Hij kwam tot leven.'

Ik keek haar strak aan.
'Geloof je me?' vroeg ik.
'Ja. Het is idioot, maar toch. En verder?'
'Stephen Rose. Hij is niet zomaar...'
Ik kwam niet verder.
'Ik zal het je stukje bij beetje vertellen,' zei ik. 'Het zal wel lang gaan duren.'
'Oké,' zei ze.
Brigadier Fox en agent Ground reden langs, opgepropt in een kleine blauwe politieauto.
'Ik moet weg,' zei ik.
We gingen met een zoen uit elkaar. Ik holde tegen de heuvel op en begon me eindelijk bevrijd te voelen. Die nacht sliep ik diep en droomde ik niet.

De volgende ochtend keek ik uit mijn raam. Pa zat geknield in de tuin in de zon. Op de grond naast hem lag Klei.

57

Pa draaide zich om toen ik het huis uit kwam. Zijn ogen waren groot van verwondering.
'Davie, kom eens kijken!'
Schoorvoetend liep ik door het gras.
'Wat is er, pa?'
'Dit heb ik vanochtend in Braddocks Garden gevonden. Alle kerels hier halen er van alles weg – grond en planten en keien – voor de steengroeve wordt dichtgegooid.'
De armen en benen van Klei waren losgeraakt en ze waren weer op hun plaats gelegd. Tussen zijn hoofd en schouders zat een gat. Er waren stukken van hem afgebrokkeld.
'Wat is het voor iets, denk je?' vroeg ik.
'God mag het weten. Iets uit de oudheid, dacht ik eerst, maar toen zag ik dat het nieuwer was. Hij viel uit elkaar toen ik hem in de kruiwagen legde. Ik zit hem nu weer in elkaar te zetten.'
Hij was ingedeukt en geblutst door de regen. Het water had gleuven en gaten in hem gesleten. Zijn kolossale lijf was ingezakt en zacht geworden. Hij was gehavend en vervormd. Op de plek waar hij had gelegen was hij zich weer langzaam met de grond gaan vermengen, om weer te veranderen in de grondstof klei, niet langer ons schepsel van klei. Maar de zaadjes zaten er nog, en de meidoornbessen, en de essennootjes. En hij was zo mooi, en toen ik zag hoe hij nu was dacht ik aan hoe hij was geweest, toen hij naast me had gelopen, toen we naar elkaar hadden gekeken in een etalageruit in de nacht en ons naast elkaar zagen staan, zo krachtig en levensecht en zo vreemd. Pa legde zijn hand op het lijf en probeerde de putjes, deuken en kreukels glad te strijken. Ik raakte hem

ook aan en wachtte tot ik Kleis stem in me zou horen, maar er was niets dan stilte.
'Zal wel door kinderen zijn gemaakt, hè?' zei pa. 'Vast voor een spel, of zo.'
'Ja,' zei ik.
'Jij en je maten hebben er niks mee te maken?'
'Nee.'
'Of Stephen Rose misschien?' vroeg hij.
'Weet niet, pa.'
'Maar goed,' zei hij. 'Ik kan wel wat klei gebruiken in die zandborders van me.'
'Maar nu nog niet,' zei ik.
'Nee. Hij is nu nog te mooi. We wachten tot hij een berg modder is geworden. Het zal wel even duren voor ik hem onderspit.'

58

Ik bracht Maria naar hem toe.
'Hij leefde en kon lopen,' zei ik. 'Ik heb zijn stem in mijn hoofd gehoord.'
Ze bekeek hem en zei dat ze hem prachtig vond. Ze kneep haar ogen tot spleetjes alsof ze hem probeerde te zien zoals hij was geweest, een levend wezen in plaats van levenloze klei. Achter ons liep pa de tuin in en uit, hij sjouwde met aarde, stenen en planten voor een rotstuin en riep dat we een pracht van een tuin zouden krijgen.
'Hoe hebben jullie het gedaan?' vroeg Maria.
'Het was heel makkelijk. Het ging gewoon zo.'
Ik schepte een handvol klei uit Klei. Ik kneedde het spul snel in de vorm van een man. 'Leef,' fluisterde ik. 'Beweeg.' En natuurlijk gebeurde er niets. Ik haalde mijn schouders op en legde het figuurtje op de grond. Ik dacht aan Stephen, en vroeg me af waar hij nu was, en wat hij nu aan het maken was.
Ze pakte het figuurtje op. Ze liet het als een marionet over het gras lopen. Toen kneep ze het tot een bal.
'Kun je je echt niet vergist hebben?' vroeg ze. 'Weet je zeker dat Stephen je niet voor de gek heeft gehouden?'
Ik schudde mijn hoofd. Ik vertelde hoe Klei en ik met z'n tweeën door de uitgestorven straten hadden gelopen. Dat kon toch geen illusie zijn geweest?
'Stephen hing van leugens en trucs aan elkaar,' zei ik. 'Hij heeft heel veel dingen verteld die ik niet geloof. Maar hij heeft een gave, een soort kracht die de rest van ons niet heeft.'
Daar liet ik het bij, maar ik wist dat ik op een dag veel meer moest zeggen, over duivelskunsten en waanzin en dood.

'Denk je dat ik krankzinnig ben?' vroeg ik haar.
Ze lachte.
'Jij? Krankzinnig?'
'Ja. Wat ik je net verteld heb... dat is toch zeker krankzinnig.'
'Maar het is toch waar?'
'Ja. Maar soms denk ik dat ik iets van Stephen heb overgenomen. Soms denk ik dat ik mijn verstand verlies.'
'Je bent niet krankzinnig, Davie,' verzekerde ze me.
Ze kneedde weer een bal klei. Ze maakte een nieuw figuurtje en zette het op het gras.
'Dit ben jij,' zei ze. 'Gewoon een beetje geschift, net als iedereen.'
Ze nam nog een stukje Klei en maakte nog een figuurtje. 'En dat ben ik, ook een beetje geschift.'
En zo maakten we kleipoppetjes uit het lijf van Klei, het ene nog beter en levensechter dan het andere. We gaven ze namen terwijl we bezig waren: Geordie Craggs, Frances Malone, Crazy Mary, Prat Parker, Skinner en Poke, pastoor O'Mahoney, mijn ma en pa, Maria's ma en pa, en nog veel meer. Binnen de kortste keren stond er een heel legertje voor ons.
Pa kwam achter ons staan, keek omlaag en lachte.
'Haha!' zei hij. 'Een hele verzameling heiligen!'

59

De resten van Klei liggen nog in onze tuin. Pa kan zich er niet toe zetten hem weg te spitten. Langzaam, heel langzaam spoelt hij weg in de zandborder en wordt weer opgenomen in de grond. De zaadjes, meidoornbessen en essennootjes zijn ontkiemd en groeien uit tot een klein woud van jonge boompjes. De roos is uit zijn hart komen groeien, een klein kastanjeboompje breekt zijn schedel open. De tijd gaat verder. De seizoenen komen en gaan.
Er is nog altijd geen nieuws over Stephen Rose. Soms denk ik aan hem, hoe hij zich ergens verstopt, zijn kunsten uitoefent in de wildernis van Plessey Woods, Kielder Forest, de Cheviotheuvels of een andere verlaten rimboe die geen naam heeft. Ik kan niet geloven dat hij voorgoed weg is, dat hij niet meer terug zal komen. Ik hou berichten over verminkingen en moordgevallen in de gaten. In North Shields is een man doodgestoken. In Whitley Bay is een meisje half gewurgd. Op de klippen van Marsden is een tiener te pletter gevallen. Er wordt geen melding gemaakt van Stephen Rose, of een jongen als Stephen Rose, of van een monster, maar ik blijf alert, wacht af, en soms slaat de angst me om het hart.
Hier in Felling vervaagt de herinnering aan hem. Er wordt gefluisterd dat hij natuurlijk allang dood moet zijn, dat hij ontvoerd moet zijn, dat zijn lijk ergens in een ondiep graf ontdekt zal worden. Als ik merk dat ik hoop dat het waar is, moet ik mijn gedachten aan banden leggen.
Wat er ook gebeurt, Crazy Mary houdt nog steeds van hem en zal altijd van hem blijven houden. Een paar weken nadat Stephen was weggegaan liep ik door Felling naar haar huis. Het was een schitterende, wolkeloze dag. Ze liet me binnen, zette thee en smeerde

een boterham met jam. We zaten op stoelen bij haar achterdeur en de zon stroomde over ons heen. Ze praatte heel bedeesd, heel droevig.
'Het is nu zo leeg in huis,' fluisterde ze.
Ik mompelde iets stompzinnigs over dat het wel goed zou komen.
'De hele wereld is vol leegte,' zei ze.
Haar stem klonk nog zachter. Haar handen trilden.
'Ik ben bijna vergeten hoe ik moet bidden, jongen.'
Ik had het medaillon bij me. Ik haalde het tevoorschijn en liet het haar zien.
'Ik heb er zelf niets aan,' zei ik. 'Het leek me wel iets voor u.'
Ik gaf het haar. Ik deed voor hoe ze het open moest doen. Ze prutste met haar magere vingers aan het slotje. Ze hield haar adem in toen het opensprong.
'O, misdienaar!' zei ze.
Ze viel op haar knieën. Ze haalde ze eruit, de gevlekte rafeltjes, het stoffige plakband. Ze hield ze boven haar hoofd. Ze deed haar ogen dicht, legde stof en plakband op haar tong en slikte ze door. Ze vouwde haar handen en wiegde van voor naar achter. Toen deed ze haar ogen open, leunde achterover en tuurde naar de hemel.
'O ja!' zei ze. 'O, kijk!'
Ik keek naar waar Crazy Mary naar keek.
'Kijk hoe de hemel is opengegaan!' zei ze. 'Kijk hoe de engelen op ons neerdalen!'
Ze trok me op mijn knieën.
'Zie je wel?' hijgde ze. 'Zie je ze, jongen?'
Ik keek naar de blauwe lucht, naar de zon, naar de leegte.
'Ja,' zei ik. 'Ja, ik zie ze.'
Ze spreidde haar armen.
'God is goed!' zei ze. 'Hij komt wel terug! Hij komt wel weer bij ons wonen.'
En sinds die dag stralen haar ogen van hoop.

Dit is de eerste keer dat ik het hele verhaal heb verteld. Ik heb geprobeerd het hardop te vertellen, zoals Maria voorstelde: bij het begin beginnen en doorpraten tot alles is gezegd, maar telkens als ik begin, loop ik vast omdat het waanzinnig klinkt. En daarom heb ik het nu opgeschreven, van begin tot eind. Ik vind het niet erg dat er waanzin in zit. Ik heb geleerd dat de waanzinnigste dingen waar kunnen zijn. Geloof je me niet? Geeft niet. Zeg dan maar tegen jezelf: het is een verhaal, meer niet.